JN228089

Lobster

ロブスター

篠田節子

角川書店

ロブスター

分厚いガラスの向こうは赤い。どこまでも真っ平らな赤い大地が広がっている。

午後二時。まだ日が高い時間帯だというのに、空もまた赤い。巨大山火事であぶられた空の赤だが、燃料となる木々などどこにもない。赤い大地と地平線さえも溶かし込んで連続する赤い空だ。

手にしたタブレットの画面には、このトラックの位置を示す点がこれまた赤く光って表示されていたが、不意に消えた。

莫大な金を生む鉱山は厳しく管理され、一般的な通信機能が使える場所はほとんどない。社員や従業員には特定周波数の通信機器が貸与されるから、私物のタブレットは、ここではカメラとワープロとして以外使えない。

町とは名ばかりの、鉱山会社の現地オフィスビルが一つと空港があるだけの荒涼とした町を後にして二時間あまりが経つ。

鉱山まではあと半分といったところだろうか。

直径四メートルを超えるタイヤではあるが未舗装道路の振動を拾って、かなり揺れる。鉱石を運ぶトラックが完全無人運転となって久しく、人間にとって心地良いサスペンションなど装備されていない。緊急時に人を運ぶための座席はあってもエアコンなどないから、乗り込む人間にとってポータブルエアコンは必需品だ。

外気温は摂氏六十度を軽く超えているだろうから、一辺五十センチ足らずの立方体のエアコンでは能力が足りない。車内の温度は四十度くらいはありそうだが、空気が乾燥しているので何とか耐えられる。こんな温度差があっても窓の外が結露しないのは、車外の湿度がほぼゼロだからだろう。

寿美佳（すみか）は背負ったバックパックの中から水筒を取り出し、生ぬるい水を喉に流し込む。

これが無くならないうちに到着しますように、と祈る。

幼い頃、火星植民計画などというSFドキュメンタリーを見たことを思い出す。

それより遥かに古い時代に、火星に囚人や食い詰めた労働者を送り込んで鉱山労働に従事させるなどという荒唐無稽な映画があったらしい。

映画も小説も、人の想像力など所詮、現実と地続きだ。ため息をつきながら、寿美佳は赤い世界に視線を向けている。

「デッドエンド」

博士の妻はオーストラリアのこの地を侮蔑的にそう呼んだ。

どん詰まり。

かまうものか。この世の果てまででも行ってやる、と寿美佳は博士の老いた妻の手首に幾重にも巻かれていたパールのブレスレットと、白内障の影響か、少し濁った涙っぽい目を思い出す。

金が欲しい。幸福は金では買えないなどと、日本人がぬるいことを言っていられた時代が遥か昔にあった。幸せは金では買えないが、金があれば少なくとも不幸は避けられる、と気づいたのはいつのことだろう。

そして「意義ある仕事」をするためにも、まず金が必要だった。

大学を出た後に、奨学金を返済するために寿美佳が入ったのは清掃公社だった。正職員として勤務して、三年で完済した後にそこを辞めた。

学業成績が優秀であっても、自分が必ずしもリーダーシップに秀でていないことは自覚していた。だから自分の活躍できる分野を探して、とうに廃れてしまったジャーナリズムの世界に飛び込んだ。

素人によって発信される低品質だが圧倒的な量の情報と競争しながら、何とか生き残ってこられたのは、どんな世界にでも飛び込んで、対象に食らいついていく度胸と、目に見える現象の底にあるものを探り出す粘り強さと、それで怪我を負わない慎重さを備えていたからだ、と自負している。

その能力を駆使して彼の地で何が行われているのかを探り、世界に発信するのが今回のミッションと心得ていた。

そのためには金がいる。だからまず、多額の報酬を得るために救い出さなければならない人物がいた。

「夫を助け出してください。だれも引き受けてくれません。あなたが最後の希望です」

G・クセナキス博士の妻は、両手で寿美佳の手首を握りしめようとするように、しみの浮いた腕をネットカフェのコンピュータの三次元画面から突き出してきた。寿美佳はその手首に重たげに巻かれていたパールのブレスレットに目を見張っていたのだが。

八年前まで続いていた保守政権下で誕生したファンダメンタリストの大統領のもと、アメリカのあらゆる科学的な研究と教育は多くの制約を受けていたのだが、博士の専門である発生生物学の分野では特に弾圧が厳しかった。

一九五〇年代の赤狩りになぞらえ、進化論狩りと名付けられた暗黒時代だが、博士がリーダーを務めた研究チームが、ある生物の細胞の中で、ごく原始的な生命を人工的に発生させたとき、研究員たちは国内のあらゆる大学や企業の研究所から締め出され、チームリーダーのクセナキス博士は数百年前に後戻りしたように成立した州法の下で訴追されようとしていた。研究所の母体である製薬企業がこの期に及んで、政府に対して何ら抗議の声を上げなかったのは、ほどなくやってくるであろう政権交代に備えて体力を温存しておく狙いもあったのだろう。

その直前に博士はオーストラリアに逃れたのだが、当時こじれかけていた両国の外交関係に配慮したのか、オーストラリア政府はこの政治犯とされた学者を不法入国者として逮捕した。

そこでどんな密約があったのかわからないが、本来アメリカに引き渡されるはずのクセナキス博士の身柄は、そのままオーストラリアの不法移民の収容施設に送られたのだった。

何の情報ももたらされないまま、数ヵ月後、博士の妻は夫がもはやその施設にはいないことを知らされる。

当局によればクセナキス博士は、中央アジアや中東からやってきた難民とともにしばらくその施設に収容されていたが、本人の希望によりこの国の内陸部にある小さな町に移送されたということで、それきり消息を絶った。

その後、悪名高きファンダメンタリストの大統領が二期目を迎えられずに退任した後、政権は二回交代して、大国は良識を取り戻していたが、肝心の博士の行方は杳(よう)として知れなかった。

八方手を尽くして博士の消息を追っていた妻の許に、その情報はＳＮＳを通し発信者不明のものとしてもたらされた。

博士は、あの大陸国家の中央部、温暖化の進んだ地球上で世界最高気温が記録されたという砂漠の真ん中の鉱山、ファイヤーヒルにいる、と。

客観的には信憑性に乏しいその情報には、写真が添付されていた。

得体の知れない重機のコックピットの薄汚れた窓越しに、操作パネルの前で機械を操作している博士の姿を捉えたものだった。分厚い窓ガラスを通しての不鮮明な写真ではあったが、それが間違いなく夫の姿であると、その妻は主張する。

添えられているコメントによれば、写真は鉱山会社の飛ばしたドローンによって撮影された動画から切り取ったもので、クセナキス博士とおぼしき人物が操作しているマシーンは、露天掘り用掘削機らしい。驚くべきことに、そして痛ましいことに、博士はその巨大機械の内部に監禁されたまま、果てのない強制労働に従事させられているという。しかもその機械では、大量殺人に関わった凶悪犯も去勢された状態で終身労働刑に服しているらしい。

博士の妻は驚愕し、オーストラリア政府に対して、夫の即時解放を要求したのだが、一ヵ月あまり後に届いた回答は、クセナキス博士がマシーンに監禁されているという事実はなく、帰国についてはもちろん、居場所を家族に伝えることも、本人が拒否しているという素っ気ないものだった。

「もうアメリカの政権は二度も交代しているのです。八年前までの狂ったアメリカではないんですよ。それを夫に伝えて、安心して帰ってきて、と政府を通して伝えたのですが、何の返事もありません。私の伝言はどこかで握りつぶされてしまったに違いありません」

博士がオーストラリアの鉱山にいるという情報は匿名でＳＮＳに投稿されたもので、博士の妻は、さらに具体的な情報を得るために、発信者に直接連絡を取ろうと、プロバイダーに対し発信者に関する情報開示を求めたのだが、ただでさえそうした公開は難しいうえに、情報内容が博士や博士の妻に対する誹謗中傷の類いではなかったために、その請求は拒否された。

しかしファイヤーヒルという固有名詞で検索をかけた博士の妻は、さる自動翻訳された記事の中からその単語を拾い出し、寿美佳が以前に書いた記事にたどり着いたのだった。

素人の投稿と違い、通信社を通して配信された記事にはライター名が記されており、彼女の依頼は、通信社を経由して寿美佳の許に届いた。

不意に視界が曇った。地平線の彼方で巨大な竜を思わせる炎が立ち上がった。それは瞬く間に広がり空を覆いつくし、天を覆う緞帳のように揺れながらこちらに迫ってくる。

それが炎でないことは、赤い空がさらに明るくなる代わりに、無慈悲な日光を遮って一帯に影が下りたことからわかった。

砂嵐だ。一日に一回、この時間に巻き起こる。

「あんたの国のスコールと同じようなものさ」と、鉱山会社の作業員は寿美佳を送り出したときに笑いながら彼女の背を叩いた。

夕立などという優雅な日本語によってイメージされる現象など百年も前のものだ。しばしば停電を引き起こすような落雷と、道路を川に変える豪雨が、夏になると日本の国土を洗う。スコールという言葉さえ、もはや当てはまらないかもしれない。

耐熱強化ガラスに赤い砂粒が当たり、弾けるすさまじい音がした。

視界は赤い闇に塗りつぶされた。それでも人の視力に頼らぬ無人トラックはあらかじめ設定されたルートを順調に進んでいく。

砂の勢いが止みかけたとき、右手に城の廃墟のようなものが現れた。

思わず唾を飲み込んだ。

寿美佳が救出しようと考えている同胞たちがそこに閉じ込められ、強制労働に従事させられている精錬所だ。

五階建てビルほどの高さの延々と続く外壁は、茶と黄で毒々しく彩られている。精錬工程のほとんどは自動化されているが、それでも百人近い作業員が配置され、三交替の勤務を行っているはずだ。

ファイヤーヒル鉱山の精錬所についてのおぞましい話を聞いたのは数ヵ月前のことだ。出口の見えないデフレが長く続いた日本には低賃金の非正規労働者が溢れていたが、何とはなしの楽観論が国を覆っていたのは、物価の上昇もまた抑えられていたからかもしれない。

食品の価格も日用品の価格も上がらず、衣料品や耐久消費財の価格は底なしに下落していた。チェーン系居酒屋が四千八百円で始めた食べ飲み放題は、翌年には三千八百円になり、ほどなく二千八百円、最終的には千九百八十円で落ち着いた。

同時期に円も下落を続けていたが、政界も経済界も円高よりましという前世紀の常識にあぐらをかき、一方、実質経済を伴わないまま株価だけは高騰し続け、結果、外国企業に投資した法人や、潤沢な余裕資金を投資に回した富裕層に莫大な利益をもたらした。

そうした中で円安によってもたらされる輸入原材料費とエネルギーコスト高騰は静かに、しかし急速に進んでいった。

そしてある日、高い堤防が決壊したように、低賃金下のいささか慎ましすぎる庶民のデフレ生活を直撃したのだった。

最低賃金法を無視した時給千円のアルバイト賃金に対して、豚肉の切り落としが百グラム九百円、卵一個二百円の時代がやってきた。

軽自動車さえ持てない庶民に対し、ガソリン価格の高騰は、あらゆるものの値上げとなってその足元を洗い、厳寒期に灯油は買えず、夏の暑さを凌ぐエアコンはあっても電気代もない。

物価が高騰しても、大方の企業にはそれに見合う賃金を払える体力はない。

遥か昔に投資マネーのほとんどは海外に逃げていったから、国内に生産拠点などないうえに、かつて多くの若者を吸収したサービス業も、人々の購買力もましてや外食できる経済力も衰えた中で、多くは廃業した。残ったのは無人化に成功した店舗だけとなった。

一般企業から役所まで、いかにして固定費を抑えるか、すなわち人を減らすかに腐心した結果だ。

悪化した治安の中で、富裕層が契約する警備会社と、人々が食料よりも優先するコミュニケーションツールで潤うＩＴ関連企業だけが活況を呈している。

そんな中、働き場所を求めて多くの日本人が海外の事業所や店舗、レジャー施設へと流れていった。幸運なことに極端な円安は、彼らの送ってくるわずかばかりの賃金をかなりの額の円に替えて、日本に残る家族に一息つかせてくれる。

一方、厳しい環境は、より弱い立場に置かれたものの息の根を止める。天井知らずに伸びてきた社会保障費の財源はとうに尽きた。

日本経済にも個々の家庭にも十分なゆとりがあった時代、ひょんなことから学校や会社を辞めた後、親の手厚い庇護の下、無為のまま数十年を自室で過ごす人々が問題になった。引きこもりと呼ばれる彼らと社会の間に、緩やかな繋がりを持たせようとする国と行政による支援がいっこうに効果を上げないうちに、新型コロナに続き、亜熱帯化した日本を新型デング熱とマラリアが襲い、彼らは疲弊した国家から真っ先に切り捨てられた。

そんな折、彼らに居場所を提供すると喧伝(けんでん)する業者が現れた。

多くの人々は誤解しているが、引きこもりは決して社会性がないわけではなく、すべての人々に対して殻を閉ざしているわけでもない。初対面の人々や取材者とはほぼ完璧なコミュニケーションが成立するし、一人ないしは家族と行った旅行先でも普通の対応ができるケースもある。単に地域や会社、学校といった、「世間」と呼ばれるコミュニティの中で生きられないだけだ。

あるとき国内のブローカーたちが疲弊した家族の求めに応じ、十代から五十代までの学業にも仕事にも従事していない人々を飛行機に乗せた。ときには家族も同伴して現地まで行き、家族はそこで別れて帰国する。

その場所で彼らに適した仕事が与えられた。

完全な定型業務の個人作業。指示はコンピュータの画面に送られてくる。

彼らには宿舎が提供されるが、そこはトイレ、シャワー付きの完全個室だった。食事も希望すればテイクアウト可能で宿舎内に売店もある。

ホームレスになるか、年老いた親共々飢えて死ぬかといった状況の中で提示された、魅力的かつ、唯一の救済手段だった。

成功例が伝えられ、国内の家族に彼らからの送金が初めてもたらされて以降、引きこもっていた人々は各国の生産拠点に運ばれた。

ファイヤーヒル鉱山の精錬所に連れてこられた人々もいた。

その精錬所から「逃げてきた」という男に寿美佳が会ったのは、一年半ほど前のことだった。

通信社が配信しているネットニュースに記名記事を書いたところ、通信社を通して、その男から話を聞いてもらいたい旨のメールが入ったのだ。

その少し前から、海外に就職先と居場所を求めた人々は二度と戻ってこない、工場などというのは嘘で、アラビア半島の建設現場で五十度を超える気温の中、死ぬまで働かされている、アメリカの製薬会社が密かに造ったアリゾナの砂漠の真ん中の研究所で、新薬開発のための実験動物代わりに多くの薬物を体に入れられ苦痛にのたうち回っている、莫大な財政赤字を抱えた政府は、そうした形で彼らを処分することで支出を減らせるので歓迎している……諸々(もろもろ)の都市伝説やら陰謀論やらがＳＮＳやユーチューブで流されていた。

しかし実際に体験した、と語る当事者が現れたのは初めてのことで、その真偽が定かでないまま、寿美佳は男の指定した新橋(しんばし)のレンタルスペースで会った。

大部屋を透明なパーティションでいくつにも区切り、人が入るとパーティションが黒く変色し、中が見えなくなる仕組みのところだ。そこの二人用スペースにさるスポーツ用品メーカーのロゴの入ったＴシャツ姿の男はいた。小柄な男という以外、正体はわからない。首から上が、アニメのウサギになっているからだ。マスクを被っているわけではない。アバターと呼ばれる電子的な処理で、自在に動く３Ｄホログラム映像に隠されて素顔が見えないだけだ。

いくつかの感染症の流行を経てマスク着用の期間が繰り返しやってくるうちに、素顔を見せるのを嫌がる人々が増えて、対面ではこんな処理をして人に会う若者が増えた。

「まさか、記者さん、ブローカーの言うことを信じたりしてないですよね」

開口一番、ウサギは言った。鼻の下の割れた口がパクパクと開いたり閉じたりした。

「自分ら、パースの研修所で研修を受けた後、ほとんど無人化された工場でオペレーション作業をするって話だったんですよ」

そこまで言って、ウサギの耳が一瞬たたまれて戻る、の動作が二回ほど繰り返された。

「でもオペレーション作業なんて、まるっきり嘘ですよ。奴隷ですよ。むちゃくちゃ暑くて、汚くて、暗いところで奴隷みたいに働かされるんです。泊まるところも食べるものも、ぜんぜん話と違う」

実際の仕事内容も宿舎も、ブローカーによる説明とはかけ離れたものだった、というのは、遥かな昔、ダンサーやミュージシャン、あるいは研修生としてアジアの国々から日本に連れてこられた人々がいたという話を知っているので、まさにそれだったのだろうと想像がついた。

具体的な仕事内容を聞くと、高温の炉の前で防塵マスクを着けて機械操作を行うだけでなく、炉への投入原料の準備から製品である金属の結束、さらには構内清掃まで、機械化できない雑用の一切合切が彼らの仕事だったと言う。

「自分、生まれてから手足や体を使う仕事なんて、一度もしたことがないんですよ。なのに力仕事をさせられたんです」

ウサギの顔が赤く透明感を帯び、ぼんやりとその下に人の顔の輪郭が見えたが、すぐに元のピンクのウサギに戻った。

男によれば体力も知力も、何も考慮されず、三交替の二十四時間作業に従事させられたらしい。完全に引きこもるまで男はいくつかのアルバイトを経験したが、あそこまでブラックな会社はなかった、と語る。

完全個室の宿舎はあっても、精錬所の地下。窓は廊下側に一つ、ベッドとタブレット一台と小さなテーブルだけが備え付けられている。与えられる食事は量だけはすさまじいが、パスタと獣臭い硬い肉とほとんど包丁の入っていない野菜という動物園の餌のような代物だった。

「人間の尊厳なんて、どこにもない、自分ら奴隷どころか動物です」

ウサギの顔は再び炎のような赤に変わり、うっすらと顔の輪郭が透けて見えた。

「そこからどうやって逃げられたのですか？　施錠されていたりガードマンが立っていたりするんですよね」と寿美佳が尋ねると、ウサギの耳が、激しく動く。

「鍵もガードマンもナシです。精錬所と宿舎にだけ空調はありますが、外に空調はありませんから。涼しい夜間に逃げようとしても照明などどこにもない。僕は軍人でも何でもないし、体力もないからよろよろ歩いているうちに夜が明けて危うく太陽に焼かれて死ぬところでした」

　鉱石や製品を運ぶ無人トラックの荷台に飛び乗って逃げようとしたワーカーがいたが、炎天下のドライブに耐えられず干からびたらしい。

「荷台は金属ですから、日が昇ればフライパンですよ。死体が焼けてへばりついて取れなかったらしい」

　寿美佳は身震いした。

「それであなたはどうやって？」

　半年前、精錬所でたまたま事故が起き、作業員が全員、別の場所に避難させられた。そのとき、どさくさに紛れてワゴン車に乗り込み、小さな町に出た。そこから国内線を乗り継ぎ、シドニーから成田(なりた)行きの飛行機に乗ったと言う。

「お金は手元にあったのですね」と尋ねると男はあいまいに笑い、「避難する際、貴重品は身につけろと言われましたから」と答えた後、「騙されて連れていかれた日本人は、まだあの地獄にいるはずです」と暗い声で付け加えた。

「あなたが逃げるとき、彼らも一緒にというのは無理だったのですか？」

「口きく機会などほとんどないです。場内はすごい音ですし。宿舎ではばらばらの個室に入れられていましたから」

唯一、脱出、帰国が成功した者として、男はブローカーが持ってきた仕事の実態について発信したが、ほとんど反応がないと言う。

「仲間を救出してもらえるように政府に働きかけたりは？」

男はかぶりを振った。

行政に保護を求めたり、政府に働きかけたり、といった行動を取れるようなら、そもそも引きこもったりはしない、と男は言う。何よりそんなことを訴えたところで、現政権では「自己責任」の一言ではねつけられることが目に見えている。

確かに子供の登下校さえ、徒歩ではできないほど国内でも治安が悪化しているのだから、国外に出た者の救出までしていられないのが現実だ。せいぜいがその手の詐欺にひっかからないように、と注意を呼びかけるくらいしかできない。

男から聞いた話を寿美佳はその後ネットニュースに流した。

反響はあった。

「世間には本当に困っている人間がいる。その気になれば働けるにもかかわらず、何もせずに引きこもっている輩(やから)は海外でそのくらい苦労してきた方がいい」「自己責任」「国内にいてもどうせ両親が死ねば餓死する運命」といった類いのコメントが溢れ、寿美佳を憤慨させたが、その中に一つだけ、衝撃を受けた書き込みがあった。

記名のコメントはかなり高齢の元新聞記者の手によって書かれたものだった。

「身の回り三メートルにいる知り合いから話を聞いて、裏も取らずに記事にする。ネット社会におけるジャーナリストを自称する人々の安直極まる仕事ぶりには、呆れて言葉もない」

怒ったところでどうにもならなかった。話を聞かせてくれた男は知人でも友人でもないが、裏を取っていないというのはその通りだ。

だがその後に続く、この大新聞の元論説委員の一文が寿美佳を居ても立ってもいられない気分にさせた。

「数十年も昔から、まさに私自身を含めたジャーナリストの堕落は始まっていた。恥を忍んで書こう。大学を出たばかりの私は、特派員としてアフガニスタンの現状について発信していた。どこから？　バンコクだ。自分は安全で快適な『天使の都』でチャオプラヤー川の流れを眺めつつ、最前線で爆死の危険と隣り合わせで仕事をしている外国人通信員から上がってくる情報を買って記事にして、日本に送っていた。ジャーナリズムなどその時代から腐っていたということだ。腐ったメディアの流す情報を拒否した人々はどこへ行くのか？　ただのネットライターの書き散らす安直なニュースと、無知愚昧軽佻浮薄（けいちょうふはく）なユーチューバーの垂れ流す醜悪な映像を行動の指針とする。もはや真実などどこを探しても無い」

かつてその世界に生きていた「化石」の悲観的かつ居丈高な言説は、とうに廃れたジャーナリズムの世界に、今更ながら使命感を持って飛び込んだ寿美佳を奮起させた。

現地の鉱山に赴き、そこで働く人々の姿を自分の目で見て、話を聞く。そう決意した。

自分の目で見て、その現場の当事者に話を聞いたうえで記事を書き、弱者を食い物にする卑劣な人材輸出ビジネスの実態を暴く。

決して正義感だけではない。

「ただのネットライター」という、侮蔑的なコメントを跳ね返し、ジャーナリストとして自分の名前を世間に認知させ、より大きな通信社で活躍し、世界中に記事を発信したいという野心もあった。

だが、金がない。

取材に関わる渡航費その他の経費は、もはや出版社や通信社が持ってくれる時代ではない。

安い円立ての給与から航空券や滞在費を捻出するのは不可能だ。

そんなところに、クセナキス博士の妻が連絡を取ってきたのだった。

地球温暖化の影響をもっとも深刻な形で受け、炎熱地獄と化したオーストラリアの鉱山の精錬所では、悪質なブローカーに騙されて日本を出国した出稼ぎ労働者が、非人道的な労働環境で強制労働をさせられ、アメリカの政治犯でありオーストラリアの不法滞在者でもあるクセナキス博士は、巨大なマシーンに監禁されてオペレーション業務に従事させられている。

博士の高齢の妻は、心臓と肺疾患のために飛行機に乗ることができないとのことで、航空チケットと滞在費には十分な金額を着手金として寿美佳の口座に振り込んでくれた。博士の救出に成功すれば、さらに報酬を払うという約束だ。

だが救出してくれと言われても、現地に乗り込み銃撃戦の末に機械に閉じ込められている博士を連れて逃げる、などという前世紀のハリウッド映画のようなことはできない。

現地に行き、博士に何とか接触し、博士の話を聞き、その動画を撮る。

それを海外の通信社を通して発信し、デッドエンドと呼ばれるオーストラリア中央部に位置する地獄のような鉱山で、今、行われていることを世界に知らしめる。

現在のアメリカはかつての大国の気概を取り戻し、自由と正義を国是として掲げる一方で、良識と倫理的な行動規範を尊ぶ国に変わりつつある。自国民、それも高名な科学者が他国で受けている深刻な人権侵害を放置するとは思えない。

そして博士の置かれた状況と同時に、騙して連れ出された日本国民の窮地についても大きく取り上げられれば、日本政府としても彼らを見殺しにはできないだろう。

日本を発ってシドニーに降りた寿美佳は、そこから大陸西側に位置する地方空港に飛んだ。さらにファイヤーヒル鉱山を所有している会社の現地オフィスがぽつりとあるだけの砂漠の町に向かったのだが、けっこうな便数の飛行機が地方空港からその場所に飛んでいることには驚かされた。

鉱山と現地オフィスで働く人々が、一週間ごとに休暇を取ってそれぞれの家庭に帰るからだ。もっともそんな待遇を受けられるのは正規に雇われた社員だけで、騙されて連れてこられた「奴隷」たちは別だろう。

現地オフィスの町までは簡単に飛んで行けるが、問題はそこから鉱山までの足だった。鉱山は、鉱山会社のものであると同時に国の財産でもあるから、厳重な管理がなされていて、自国民でさえそう簡単には近づけない。外国人であればなおさらだ。

しかし身分証明書を首から吊るしプレスの腕章など巻いてオフィスを訪ね、鉱山を取材したいと申し出れば、彼らは無下に断ったりはしない。

とびきり魅力的な笑みを振りまく広報担当者がぴたりと貼り付き、懇切丁寧な説明をしつつ、まずは清潔で明るく快適な空調の効いたオフィスを案内し、同様に清潔で空調の効いた巨大工場とその中枢である宇宙船のコックピットを思わせるオペレーションルームを見学させる。その後は、場合によっては会員制クラブのようなジムやプール、飲食スペースを備えた福利厚生施設などに連れていかれるかもしれない。

会社が取材を受け入れる目的はただ一つ。企業のイメージアップに貢献する記事を書かせることだ。当然、見せたいところは見せても、博士と面会することはもちろん、鉱山そのものに近づくことさえさせない。

ならば中古の車が冬物コートよりも安価な国のことでもあり、一台購入して砂漠を越えて潜入しようかとも考えた。しかし命の保証はない。というよりは二十キロも行く前に道に迷い、砂の中で干からびた後は何世紀も発見されないだろう。

飛行機を降りると空港には数台のバンが停まっていた。休暇の終わった社員や作業員をピックアップして事業所に送るためだ。

高価な断熱スーツを着たホワイトカラーとおぼしき人々を避け、日焼けした腕やそり上げた頭に入れ墨をした機械のオペレーター風の人々に近づき、どこまで行くのかと尋ねた。「精錬所」「太陽熱発電所」「デッドエンド」「地獄」

彼らは気安く答えてくれたが、鉱山まで行くと答える者はいない。

「あんたはどこまで行くんだい？　お嬢ちゃん？」

砂漠用に開発された断熱作業着の袖をまくり上げた腕から大きなサソリの入れ墨を見せて、男が尋ねてきた。

リトルガール。細くて小さくて黒髪をショートボブにした東洋人など、どこに行ってもリトルガールだ。たとえ本当の年齢がこの男と同じくらいであっても。ならばリトルガールで通せばいい。

「鉱山です」

寿美佳は男を見上げて生真面目な顔で告げる。

「なんでまた？」

「大学で露天掘りと環境保護について勉強していて、世界一大きなここのファイヤーヒル鉱山を見たいと思って来ました」

物好きな、とでも言いたげに男は肩をすくめ、答えた。「ここから鉱山に行く車はない」と。そして周りの男たちと訛りの強い英語でやりとりすると、急げというように、一台のバンに寿美佳を押し込む。

「どこに？」

急なことに戸惑い、前の座席の背に手をかけ、腰を浮かせて尋ねたが、にやりと笑って親指を立て、すぐに手にした端末を操作し始めた。だれかに電話をかけている。

作業着姿の男たち数人を乗せて、バンは出発する。

現地オフィスビルを通り越すとすぐに道路の舗装は途切れた。

男は尋ねる。

「鉱山を見たことがないのか？　リトルガール」

「はい」

「中国にも鉱山くらいあるだろう」

「日本人です」

「日本？」

男はちょっと考え込むように眉をひそめる。

中国、韓国、日本……。そんな国があることは知っていてもその位置や違いまで把握してはいないらしい。

未舗装の道を一時間あまり行くと、コンクリートの要塞のようなものが現れた。

「あれは」

「太陽熱発電所だ。鉱山や会社で使うエネルギーはここで作る電力で賄われているんだ」

車はそこで停まり、バンに乗った男たちも全員、降りる。

午前十一時を回り日が高くなっていたから、車から降りたとたん、溶鉱炉に突っ込まれたような熱気に包まれる。

男に促されるまま薄暗い入り口を入ると玄関ホール脇はごく小さなカフェになっていた。

「ここでアイスキャンディーでも食べながらしばらく待ってろ、リトルガール」と言い残して男は消えた。実際にはアイスキャンディーなど売っていないから、そこの自販機でソーダ水を買って飲みながら待っていると、やがて五十過ぎくらいの迷彩服を着た、髭面にスキンヘッドの大男がやってきた。

「で、いくら出せるんだ」

いきなり尋ねられた。鉱山まで有料で連れていってやるという意味らしい。

もちろん部外者の立ち入りは制限されているから、こっそり運んでくれるという意味だ。

この男の車なのか、と納得しながら、この男と二人で砂漠を行くのだろうか、と不安な気持ちで、男のスキンヘッドを見上げる。

「いくらなら連れていってくれますか」

ためらいながら尋ねた。

「俺が連れていくんじゃない、あんたが行くんだ」

どういう意味かわからないまま、「あまりたくさんは払えません。学生なので」と前置きして、往復三百ドルと切り出す。円安が進んでいるから、対オーストラリアドルで換算すると四万三千円、といったところか。

だめだ、と一蹴されるかもしれない。

「金、持っているんだな、子供のくせに」

男は低い声でつぶやく。

「清掃公社でアルバイトして貯めたお金です」

まるっきりの嘘ではない。

迷彩服の男の表情が不意に和らいだ。

「そうか。清掃公社か」

男は付いて来いというように片手で合図した。

ロビーから狭く曲がりくねった通路を抜け、ぎしぎし言う広いエレベーターで地下に降りる。

さらに薄暗い通路を歩いていくとサッカー場ほどの空間に出た。

巨大な墓石のようなものがいくつか並んでおり、その脇にこれまた小さな家ほどのサイズのトラックが停まっている。

直径四メートルを超えるタイヤに、運転席の上まで張り出した荷台。鉱石を運ぶトラックだ。行き先は鉱山に間違いないようだ。

斜めがけしたポーチから札を取り出し、寿美佳は男に代金を払う。

隣の墓石のようなものは高速充電器で、一般用の充電器では数時間かかるところを四十分で完了するらしい。

「乗れ」

迷彩服の男は短く言った。

「ちょっと待ってて」

手洗いを済ませてから寿美佳は車に乗り込んだ。

男が乗ってくる気配はない。ガラスに囲まれた小さな座席はあるがハンドルもギアもアクセルやブレーキの類いもない。

「ファイヤーヒル鉱山までこれで行け。帰りは明日の早朝六時だ。明日、六時に鉱山に着くトラックに乗り遅れないようにしろ。あんたが乗っても乗らなくてもトラックは鉱石を積み込んだらそこから精錬所に向かう。そこで鉱石を下ろす。その間二十分ほどだが車の外には絶対に出るな。本来なら空身(からみ)になったトラックは再びファイヤーヒルに行って鉱石を積み込むが、俺は今、精錬所で鉱石を下ろしたトラックが、ここに戻ってくるようにプログラムした」

寿美佳が無言でうなずくと男は腰を曲げて、寿美佳に人差し指を近づけて鼻先で振った。

「いいか。その一、明日の朝、六時のトラックに乗り遅れるな。それを逃すとここに戻ることはできない」

「はい」

「その二、ドアが開くまで絶対に自分で降りるな。何があっても絶対に降りるな。ドアが開いたら一分以内に外に出ろ」

「はい」

「その三、ドアや車体の金属部分には内側からでも触れるな。外の気温は六十度だ。金属は焼けている。皮膚が貼り付いて取れなくなる。外に出る前にこの手袋をしろ」

男は軍手のようなものを差し出す。寿美佳は唾を飲み込みながら受け取る。

寿美佳が乗り込むと、男は一辺が五十センチほどの立方体を車内に入れ、床に近い部分にあるコンセントに繋ぐ。

「これは?」

「エアコンだ。これが無ければおまえは太陽熱でバーベキューさ。緊急時しか人が乗らないからトラックにエアコンは付いていないんだ」

良い旅を、と男が言うのと同時にスライドドアが閉まり、無人のトラックは充電ステーションの薄暗がりから、視野が白く弾けるような日盛りに出て、鉱山に向かう未舗装道路を走り始めたのだった。

砂嵐が止むと赤い大地にそそり立つ山脈のような丘陵が見えてきた。

その先にはすでに廃鉱となった銅の露天掘り跡が、地獄にも届きそうな深い穴を開けているはずだ。

丘陵に見えるのは、その昔、露天掘りのために剝がされた莫大な量の表土の山だ。それは一帯にいくつものピラミッド様のシルエットを描いていたのだろうが、今、このあたりを襲う砂嵐によって頂上付近を削られ広がった山裾が繋がり融合して、巨大な丘を出現させている。

銅山がまだ生産を続けていた時代には、将来廃鉱になった後は、それらの表土が埋め戻され、乾燥地でも生育する木々が植林される予定だった。

しかしそれから数十年が経ち、ほぼ銅を掘り尽くしたときには、地球の温暖化がさらに進んでいた。かつて乾燥に強い木々や多肉植物が生え、若干の生命を育んでいた赤い大地は、草木一本生えない赤い死の砂漠に変わっていた。

ところがその頃、今度は無価値なものとして剝ぎ取った表土に、希土類金属の鉱石、モナザイトが砂状になって含まれていることが判明した。

いや、以前からわかっていたのかもしれない。ここに山積みされた表土から鉱石を取り出すのは技術的に難しく効率も悪い。それよりは低コストで産出する他国から購入する方が安上がりだと判断され、長い間、うち捨てられていた。しかしそうした国々との関係が複雑化した昨今、安価で安定的な供給が難しくなり、モナザイトをはじめとする希土類金属は国家の安全保障に関わる戦略物資になった。そのとき銅山の鉱脈を覆い隠していた莫大な量の岩と砂を積み上げたファイヤーヒルの価値が見直された。

もちろん触媒に、光学機械の製造にと、モナザイト自体の用途が大きく広がったことも関係しているだろう。

いずれにしてもかつての銅山会社は、それまで無価値なものと見做(みな)していた残土の丘を本格的に切り崩し始めたのだった。

未舗装道路の路面を走行する揺れとは異なる振動が尻のあたりに伝わってきた。正面から小山のような土砂を満載したトラックがやってくる。

一瞬衝突しそうに見えて思わず見構えたが、それは寿美佳の乗ったトラックの脇をすり抜けて危なげなく反対方向に去っていく。二台、三台……。

ほどなくまた一台やってくる。

その向こう、丘陵の手前にぽつんと置かれた軽車両のようなものがある。

それは近づくにつれてダークグレーと山吹色に塗り分けられた見上げるような鉄製のビルに変わった。

そのビルの土台部分は、微妙に湾曲し先端はサーフボードに似た緩やかな反りが入って砂の上に浮いているように見える。

さらに奇妙なのは、ビルの側面から長い腕が、左右に延びていることだ。

それが空に向かい立ち上がった柱から何本ものワイヤーで吊られている様は、巨大な吊り橋のようだ。

目を凝らせば、トラックは、そのビルから延びた吊り橋のような構造物の先からやってくる。

反対側の側面から生えたもう一本の腕の先端には、歯車のようなものが付いており、目を凝らすとゆっくり回転しているのがわかる。

中央の構造物はビルではない。左右に延びた腕も含めて機械、巨大な掘削機だった。

ファイヤーヒルと呼ばれる積み上げられた土砂の丘。それを崩して希土類の混じった土砂をトラックに積み込む機械だ。

ここに博士が閉じ込められているのか、とビルを思わせる構造物にあらためて目を凝らす。

吊り橋のようなアームの先端でゆっくり回転していた歯車は、観覧車ほどの大きさで、その外輪周辺に貼り付けられたバケットが、丘陵の裾に食い込んでは絶え間なく山肌を削っている。

離れているからぴんと来ないが、そのバケットひとつひとつが普通に見るショベルカーのショベル一つ分くらいの大きさだろう。

寿美佳はバックパックから素早くタブレットを取り出すと、この掘削機械の全容を動画に収める。これ以上接近すると、窓からはもはや機械の全体像を見ることは叶わなくなるからだ。

しかし寿美佳の乗った無人運転トラックはほどなく方向を変え、観覧車のようなホイールとは反対側に延びるもう一本の腕の端に向かっていく。

トラックはスピードを落とし、機械の脇をじりじりと進み、やがて停まった。

タブレットをバックパックにしまったのと同時に、何の前触れもなくドアが開いた。

慌ててドアの上にある取手を握ろうとして悲鳴を上げた。

太陽に焼かれた金属はエアコンの効いた車内にあるにもかかわらず、飛び上がるほど熱い。手袋をするのを忘れていた。五本指の鍋つかみのような手袋をはめて取手を摑み、足をステップに下ろす。直径四メートルもあるタイヤを付けたトラックの運転席から地面に降りきる前に、スライドドアがゆっくり閉まった。

一瞬後にすさまじい振動を感じた。

運転席に覆い被さるように付いているトラックの荷台に土砂が落ちた。

砂煙が上がり、たちまち視野が赤く染まり、鼻にも喉にも砂が入ってくる。

ハンカチを出す間もなく、シャツの裾をまくり上げて鼻と口に当てたまま、梯子(はしご)の途中から砂の上に飛び降りた。頭上からスコールのように焼けた砂が降ってくる。

走って逃げる。

中央のビル状の部分から延びていた吊り橋のようなものは、バケットが掬(すく)い上げた土砂をトラックの荷台のあるところまで運ぶ、三百メートル以上はありそうな長いベルトコンベアで、その先にある巨大なすり鉢状のものに掘り出した土砂が運ばれているのだ。そして真下にトラックが停車するとすり鉢の下部が開いて土砂はその荷台へと落ちる仕組みになっている。

積み込みは一瞬だった。寿美佳がトラックから離れ、巨大機械の操縦席に続く金属製の階段に取り付く前に、トラックは地響きを立てて元来た道を引き返していった。

そのときになって摂氏六十度の砂漠の気温を初めて意識した。狭いステップに足を乗せ、ビルの数階分の高さまで上がらなければならないが、途中で息が上がり立ち止まる。荒い息をつくと、肺に焼けた空気が流れ込む。咳き込んだ拍子に目眩を感じた。転落寸前に手すりを摑み、うずくまった。ステップの熱気が体をあぶる。手袋がなかったら手の皮が焼けている。殺虫剤をかけられたダンゴムシのようにその場に丸くなっているしかない。無意識のうちに、助けて、と叫んでいるが遥か上にある操縦席に届くはずはない。

二の腕を摑んで立たされた。

男がいた。強すぎる太陽光線の下で真っ白に見えるプラチナブロンドの髪の男が、目鼻の影を鋭く刻んで立っていた。見上げるほどの長身の男が、寿美佳の腕を摑んだまま、連行するように階段を引きずり上げていく。

操縦席を振り返り見上げていると、男は踊り場で脇にそれた。エンジンがうなりを上げている脇を通り抜けると小さな家があった。

それは機械の中に組み込まれた、確かに「家」だった。

ハッチのようなドアを開け中に入る。冷気が感じられた。それ以外何も知覚できないまま、視野が暗くなった。男にどこかに引きずって行かれ、頭に水をかけられた。

少し意識がはっきりすると、自分がシャワーブースに座り込み、服を着たまま頭に水を浴びせられていることがわかった。

熱中症の一番手っ取り早い治療法だったらしい。

ふらつきながらシャワーブースを出ると四畳半くらいの狭い部屋になっている。金属製のボトルを手渡された。中身は生ぬるい水だ。寿美佳がそれを飲み干すと、男は、タオルとカーキ色のズボンとTシャツを投げて寄越した。

ずぶ濡れの服を着替えろ、という意味のようだ。

「ありがとう」

礼を言うと、男は「中国人？」と尋ねた。

「いえ、日本人」

男は表情を変えずにうなずく。こちらを見据えた淡いブルーの瞳が氷の欠片（かけら）のようだ。赤っぽく焼けた肌に、細い鼻筋。髭をそったつるりと白い顔が作り物めいて見えるほど整った顔立ちだ。きれいになでつけられたプラチナブロンドの髪も、どこか人の頭髪というより細かな筋の刻まれた金属彫刻の質感がある。

「そこで寝ていろ」と壁から張り出したベンチを指差すと、男は出て行こうとする。

「待って」

慌てて呼び止める。声がかすれている。

「ジョージ・クセナキス博士は、ここにいますか」

振り返った男は、無表情のまま「名前は知らない。博士はいる」とだけ答えた。

「アメリカ人です。六十代の」

「彼は仕事中だ、午後八時に上がる」

時計を見る。まだ四時間ある。

男が立ち去ったのを見極め、立って着替えようとしたが、ふらついてズボンが脱げない。ベンチに座り込んで裸になり、素肌にカーキ色の上下を身につける。そのままずぶ濡れの服を乾かすこともできずに、崩れるようにベンチに横になり眠った。

幾度か目覚め、ベンチのビニールシートの上で寝返りを打ち、シャワーブースの隣にある航空機内のものに似た狭い手洗いで用を足す。真空式のトイレで汚物は素早く小さな穴に吸い込まれていく。

高温で水の乏しい一帯に、二十年ほど前から普及しているトイレで、汚物タンクの水は再生され、汚泥は太陽熱集熱器に運ばれて焼却処分される。

はっきり目覚めたのは、浅ましいことにどこからか漂ってくる油っぽい食事の匂いを嗅ぎつけたからだ。

部屋には青白いＬＥＤライトが灯っていて、瞼(まぶた)に刺さるほどに明るい。立っていってドアのガラス越しに外を見ると、金属の枠組みが視野を遮り、その先には闇が広がっている。午後七時になっていた。ハッチのような外扉と別に、ベンチの並びにベージュの金属扉があった。そっとノブを摑むと何の抵抗もなく開いた。

ベンチのある部屋より幾分広い空間にテーブルが一つ。こちらに背を向けて男が一人座っている。食事中であることはその匂いでわかった。

男が振り返る。

カーキ色の上下にオレンジ色の作業用ベストを身につけた東洋人だ。

相手がびくっとしたように体をすくめたのがわかった。

「すみません」

何も問えず、寿美佳は慌ててドアを閉めた。

この機械の中の家、というより居住区にはクセナキス博士の他に、あのプラチナブロンドの男と、東洋人、少なくとも二人が居る。居る、というより博士について言えば監禁されている。

先ほどのプラチナブロンドの男といい、食事中の東洋人といい、少なくとも噂にあるような終身労働刑を執行されている凶悪犯には見えない。あのプラチナブロンドの男は看守のようなもののなのか。

外に通じるドアを押し開ける。重たいが外から施錠されてはいない。

青白いライトに照らされた夜の闇から、機械の唸り（うな）や金属音とともに熱気が押し寄せてくる。それでもオーブンの中に突っ込まれたような昼の熱さではない。日没後の砂漠の気温は急速に下がりつつある。

金属製の手すりも、もはや皮膚が貼り付くような熱を失って素手で握ることができた。居住区の脇にある階段を見上げると、操縦席の内部に灯った薄暗い灯りが見える。その光に比べて、回転しながら残土を掘るいくつものバケットをぶら下げた車輪のあたりは、真昼のように明るい。強烈なサーチライトが一帯を照らしていた。

室内に引き返し、バックパックの中からタブレットを取り出し、それを片手にそっと階段を上っていく。

ガラス張りの窓から操縦席内部が見える。

港湾に設置されたコンテナ用クレーンの操縦席のようなものを想像していたが、それよりもさらに大きい。三面がガラス張りになっており、青白く薄暗い光に照らされた内部がはっきり見える。

いくつもの計器類が並んでいる様は旅客機のコックピットに似ているが、運転席を取り巻くパネルディスプレイの大きさや内部の広さは、どんな大型飛行機にもないものだ。

その中央でサーチライトに照らされた土砂の丘を見つめて、レバーを操作する男の姿があった。やや丸まった背筋と半ば禿げ上がった頭は、確かに妻が提示したクセナキス博士の三次元画像と一致する。

そっとガラス窓を叩いた。座席にいるクセナキス博士が一瞬こちらに顔を向けた。すぐに視線を正面に戻した。左手でキーボードのようなものを操りながら右手でジョイスティックに似たレバーを操作している。

二度とこちらを振り向くことはない。仕事中の博士の姿が監視されていることは十分ありえるから、不審に思われるような行動は取れないのかもしれない。

素早くタブレットで写真を撮り、ベンチのあった居住スペースに戻る。

その途中にやはり戸がある。先ほど壁と思い通り過ぎたのは、その引き戸に取手のようなものがついていなかったからだ。

今、通りかかると、あたりの機械の音にかき消されることもなく、内部から金属を削る音が聞こえてくる。砂嵐や昼の熱射に痛めつけられて白く濁った窓ガラスからのぞくと、煌々（こうこう）と灯った青白い光の下で男が一人、いくつもの工作機械に囲まれ、作業台の上で直径二十センチほどの六角形のナットを回転式ヤスリで磨いている。食堂で見た東洋人だ。

彼もまたここに閉じ込められた一人かと納得し、その先の居住スペースに入り、ベンチに腰掛ける。

いずれにしてもほどなく博士は仕事から上がる。そのとき妻からの伝言を伝え、明日の六時にここに来るトラックに一緒に乗り込む。

あの迷彩服を着たスキンヘッドの男によれば、寿美佳を乗せたトラックは精錬所に行き、鉱砂の含まれた土砂を下ろした後、太陽熱発電所の急速充電ステーションに戻るようにプログラムされている。

急速充電ステーションでトラックを降りた後は、休暇で自宅に戻る労働者に紛れて空港までたどり着ける。

土砂を運ぶためのトラックは絶え間なくここまでやってくるが、スライドドアが開くのは寿美佳が帰りの便として指定したその一台だけだ。

いずれにしても監視の者に見つからないうちに、博士を連れ出さなければならない。すでに見つかっているかもしれず、その場合脱出は難しくなる。

熱中症のために階段で倒れた自分を運び入れて、シャワーを浴びせたプラチナブロンドの男、彼が看守かもしれない。

助けられたことは間違いないが、まったく感情も人柄も読み取れない整った顔が不気味でもある。彼に関しては、少なくともここで奴隷的扱いを受けている労働者ではなく管理者だろう、と考えるのは白人、特に金髪碧眼(へきがん)男に対する偏見だろうか。

そのとき白濁したガラス窓の外を人がゆっくり通り過ぎるのが見えた。

窓に近寄り目を凝らすと、まさにあのプラチナブロンドの男だ。

目を見張るほどの長身で鉄骨の梁(はり)に頭がぶつかりそうに見える。細く扉を開けると、軽い足取りで階段を上っていく後ろ姿が見えた。

操縦席に向かっている。まもなく午後八時だ。ということは彼が博士の交替要員で、つまりは監視員ではなく労働者の一人ということなのか。それとも博士に何か命じるために上っていったのか。

数分後、バケットホイールが回転しながら土を掘り出す音が不意に止まった。

ベルトコンベアのローラー音も止まった。

静寂が降りてくる。同時にごく小さな芝刈り機に似た音が聞こえてきた。

扉を開けて外に出る。鉄製の廊下から空を見上げると、点滅する光が近づいてくる。

ドローンだ。操縦席に通じる階段の下に、博士が立っているのが見えた。

差し渡し四十センチほどのブレードを五つ取り付けたドローンが近づいてきて、クレーンやベルトコンベアなどの鉄製の腕や柱のない場所を選んで、ゆっくりと着地した。

ブレード下部の鉄の爪が開き、抱えていた荷物を離すと、再び夜空へと上っていく。

オレンジ色の安全ベストを身につけた老人が、素早く荷物を抱え上げこちらにやってくる。写真で見た博士だ。

「やあ」

寿美佳の顔を見て軽く挨拶して室内に入った。

こんな砂漠の真ん中の機械の中に、見知らぬ女が現れたにもかかわらず、戸惑う様子もない。

その後ろ姿に「すみません」と声をかける。

素早くそばに寄り、「ジョージ・クセナキス博士ですか」とささやく。

「いや」

素っ気なく答え隣の食堂の扉を開けた。

「ゲオルギオス・クセナキスだ。長いのでヨルゴス。ヨルゴと呼んでくれ」

ジョージのギリシャ語読みだった。

「で、君は新入りかね」

白髪交じりの灰色の顎髭（あご）をきれいに整えた博士の黒い瞳は、皺（しわ）の深く刻まれた顔の中で、予想外に陽気な光を放っている。

「違います、日本のジャーナリストです」

「ほう、ジャーナリストか」

格別、揶揄する口調でもなく軽く応じた。

「あなたの奥さんから頼まれてきました。話を聞いてください」とさらに声を殺す。

博士は無言でうなずく。そのまま隣の食堂に入り、ドローンの運んできた荷物の箱をテーブルに置く。箱の中から薄っぺらい容器を一つ取り出してテーブルに置くと、残りを壁際に置かれた冷蔵庫に入れた。

取り出したものをその隣にあるオーブンレンジに突っ込む。

テレビディナーのようなものらしい。

中で、容器が回転しているのを一瞥し、博士は壁に立てかけてあった折りたたみ椅子を運んできてテーブルを挟んだ正面に置き、寿美佳に座るように促した。

「妻があなたに、私との面会を依頼したのですか」

不審そうな表情で博士は尋ねる。

「面会というより、可能であれば」と声を潜めた。「救出を」

「ほう」

気が抜けるほど素っ気ない反応だ。できるわけがない、と諦めているのか、それとも監視カメラがあって、意思を伝えられないのか。

「手段はあります」

「その前に、あなたはどうやってここに来たのですか?」と博士は寿美佳の言葉を遮った。疑われているようだ。

「ここ、監視カメラやマイクは?」とささやくと、博士は笑った。

「だれがそんなものを?　こんな場所で」

妻から見せられた三次元画像そのものの温厚そうな笑みが、灰色の髭を蓄えた頬に広がる。

彼の妻とのやりとり、自分がここに来るまでの経緯、救出の計画などを寿美佳は短く、しかし正確に話した。

「空港から発電所経由で?」

感心したように博士はうなずき、「食事は?」と尋ねた。

オーブンレンジからチーズの焦げたような油っぽい匂いが漏れてきて、無意識のうちに鼻をひくつかせて唾を飲み込んだようだ。

寿美佳は「いえ」と答え、「エネルギーバーを持ち歩いていますから」と付け加えた。

博士はレンジから容器を取り出し、蓋を取る。湯気が立ち上り、匂いは濃厚さを増す。

大型の重箱くらいのサイズの容器に、中身が一杯に詰め込まれている。

それを一瞥し肩をすくめ、博士は立っていくと紙皿と割り箸を手にして戻ってきた。スプーンとフォークで、容器の中の物を紙皿にとりわけ、割り箸を添えて寿美佳に差し出す。

「食べなさい」

「いえ……」

辞退したが腹が鳴った。

「六十を過ぎると、そうは食べられない。あなたが食べなければ発酵槽に捨てられエネルギーとして再利用されるだけだ」

チーズマカロニ、得体の知れない赤身肉のソテー、大量の付け合わせ野菜がぐたり、と皿に山盛りになっている。メニュー自体はエコノミークラスの機内食に似ている。部屋に漂った匂いも機内食によく似ていた。

遅めの朝食を取ったきりなので生唾がわいたが、普段ならまったく食欲をそそらない代物だ。あの精錬所から逃げてきた男の語った「動物園の餌」、正確には動物園の動物に供される餌、とはこれのことだろうか。

動物園の餌は、日本人にとっては確かに動物の餌に匹敵するすさまじい量だった。それでも熱せられたプロセスチーズが濃厚に糸を引くマカロニの山は、空腹でもあり美味に感じられた。舌の上で繊維がばらばらにほどけるほどしっかり加熱された赤身肉からは、塩こしょうでは消しきれない獣臭が立ち上る。それでも空腹であれば喉を通る。獣臭ではあるが古い肉の臭いではない。強いアミノ酸の味が一切れだけでも満足感をもたらす。

「羊?」

独り言のようにつぶやき首を傾げると、博士が「カンガルー」と訂正した。

「羊を飼える牧場は、この国にもほとんど残されていない。今はアカカンガルーの飼育がせいぜいだ……」

高温と干ばつで山火事が頻発し、砂漠化が進み、さらに高温と降水量の減少が進んだ。地下水のくみ上げはとうの昔に禁止されたがすでに遅い。

かつてドッグフードとして利用されたカンガルーの肉が、今、厳しい環境に耐えて経営している牧場から人に供給されている。

工場生産されたケールの葉と青いトマト、組織培養の根菜類はボイルされていた。

食べながら寿美佳はもう一度、明日の朝六時のトラックで脱出できる旨を伝える。

博士は半分以上も残したまま、フォークとスプーンを置いた。

「私はここを出る必要性は感じていない。それは政府を通じて伝えたはずだ。妻には届いていなかったのか」

寿美佳は唖然として箸を置き、カンガルーの肉を咀嚼するのを止めたまま博士を見つめた。

不用意なことを口にはできない、ととっさに判断した。

洗脳か、それとも捕らわれた彼らがそもそもここから脱出することなど不可能で、もしも彼らを閉じ込めている組織の意に背いた発言があった場合には、過酷な制裁が待っているのか。

「奥さんは心を痛めています。ここは犯罪者が死ぬまで機械の中に閉じ込められて強制労働に従事させられるところだと。何としてもあなたを救出したいが、ご存じの通り、ご自身が呼吸器と心臓に病気を抱えていて飛行機に乗れないのです」

博士は小さく眉をひそめただけで何も答えない。

「クセナキス博士」とあらたまった態度で寿美佳は呼びかける。

「ヨルゴでいい」

「では、ヨルゴ、今夜一晩、よく、お考えください。明日の六時です。それを逃したら奥様の待つ家に帰れるチャンスはありません」

そう告げると博士は小さく咳払いした。

「もう、いいのかね」と大半が残されたままの寿美佳の紙皿を指差す。

「はい」

量からして、まさに「動物園の餌」だった。山盛りで、ごてごてと油光りして半分潰れて、見た目からして人間の食べ物ではなかった。

だが、まずいのかと問われれば空腹のせいもあり、それほどとは思われない。日本に残っている低賃金労働者が口にする市販の弁当に比べれば、充実度は桁違いではある。

「我々は閉じ込められてはいない」

博士は存外に重々しい口調で言った。

「どういうことですか」と言う寿美佳の言葉を遮って博士は続けた。

「ここに鍵はついていない」

「けれど昼間は摂氏六十度まで上がる砂漠の真ん中で、交通手段がないのですから」

「交通手段はある。会社に、人の乗れる車を差し向けろと連絡すればいいだけの話だ」

信じがたい思いで男を見つめた。

「精錬所の方では、無人トラックの荷台に飛び乗って逃げようとして亡くなった労働者がいると聞きました」

「似たようなことをして命を落としたオペレーターはここにもいた。出て行く必要などないのに、パニックに陥り飛び出したのだ」

「出て行く必要がない？」

「自らの意思で来て、その気になれば車を呼んで帰れるワーカーもいるが、外出も帰宅も許されない者もいる」

「それが……」

「犯罪者だ」

「やはり」

「ただし彼らもあくまで本人の希望でこの鉱山に来る。終身刑を言い渡された者が、ここへの収監を希望する場合もある」

「少なくともあなたはそうではありませんよね。なぜここに留まるのですか」

博士は答えずに立ち上がると、背後にある給湯器のようなもののボタンを押す。

「コーヒーは？」

「ありがとう」

金属製のマグカップの一つを手渡された。豆ではなく着香料の香りの際立つ苦いだけのリキッドコーヒーだった。

「もうアメリカの政権は二度も交代しています。極端な福音主義者の大統領はもういません。再選されることは二度とないはずです。国民は彼に失望しています」

すでに伝えた彼の妻の言葉を、寿美佳は繰り返した。

「安心して帰国できます」

博士はコーヒーをすすった。

「あの国に帰るつもりはない」

「今は八年前までのアメリカではありません」

「不満をため込んだそのとき、景気よく蒸気の抜ける穴を開けてやれる扇動者が現れれば、国民の三割はそちらになびく。なびいた二割の者が熱狂したとき、最初は眉をひそめていたものも次第に熱狂の渦に飲み込まれていく。たまたま扇動者が躓いたとき、七割の者は初めて自分が多くの犠牲を払ったことに気づく。そして目覚めたはずが、次なる扇動者が現れれば正反対の方向に熱狂する。なるほど八年前には戻らないだろう。だが次にはどこに向かうのか。人々はとうに思考すること、疑ってみることを諦めた。私はあの大統領から逃げ出したわけではない。衆愚に背を向けただけだ。私はもはやアメリカ人ではない」

「オーストラリア人として、この地に骨を埋めると？」

「オーストラリア人でもない。世界市民だ」

「カントですか」

今どき？　と首を傾げた。

「いや、ディオゲネス」と低い声で笑った。

古代ギリシャの哲学者だ。ポリスごとに対立抗争を繰り広げていた当時のギリシャの有り様に異を唱え、自らをコスモポリタンと称した。だがその哲学や思想性よりも、粗末な服にずだ袋一つで町をふらつき、樽の中に住んだ、という奇行の方で知られている。

自分は祖国にも、そこで待つ家族にも、世間にも世界にも背を向け、樽の代わりに機械の中で死ぬまで過ごす、という意味か。

「奥様は、博士が帰ってこられることを切望していらっしゃいます」

何か情に訴えるものがあるのではないかと期待したが、博士の表情に変化はない。

「十八年前に末の子供を独立させた。その時点でもはや家庭人としての役割は終わっている」

「そんな……」

「妻に伝えてくれ。私は私の自由意志でここにいると。国にも家にも戻る気はないと」

「お子さんが独立されて、奥様はお一人になったのですよ。孤独な晩年を耐えろ、と？」

「彼女は愚かな女性だが孤独ではない。この先も孤独には陥らないだろう。子供や孫たちの家族とともに暮らし、コミュニティの一員としてこの先も賑やかにやっていくだろう」

「アメリカ社会でですか？」

反論するともなく寿美佳は尋ねる。

「アメリカ人のすべてがニューヨーカーではない」

「それに、『愚か』『賑やか』って？」

妻への冷たい言葉に驚きながら寿美佳は聞き返す。

「福音主義者の大統領の登場に熱狂し、私を売ったのは彼女だった」

「そんな……何かの間違いでしょう」

「ものを考えることもなく、本を読むことも、テレビを見ることさえしない。ネット動画とネットニュースが垂れ流す情報をコミュニティの人々とお茶を飲みながら共有するのが、彼女の人生だった」

「たとえそうだったにしても、今はもう違います。もう八年前までの狂ったアメリカではない、とはっきり言われました、だから帰ってきて、と」

博士は、それ以上は言うなというように、うつむいたまま首を振った。

「流されていくのだ。移り変わるファッションに飛びつくように。今の政権の政策もやがて行き詰まり飽きられる。そのときに大衆は福音主義者の大統領を懐かしみ、功績をたたえ始める。彼女はその波にためらうこともなく乗っていくだろう。そうして生きてきた」

博士はカップを手に立ち上がり、少量の水ですすぐとそこに置き、扉を開けて外に出た。

「すみません、どこに？」

「釣り竿を取りに」

何かの冗談だろう。

「クセナキス博士」

「ヨルゴでいい、と言っただろう」

「では、ヨルゴ。人は変われます。あなたがいなくなったことで、奥様は寂しさや孤独以上のものを味わったのではないですか。たとえ誤った正義にいっとき熱病のように傾倒したにせよ、あなたを失って夫婦としての時間の重さを実感したのではないですか」

博士は無言で歩いていく。

追いすがった。

「博士、奥様と結婚して、何十年も共に生活し、お子さんを授かり、共に育ててこられたのですよね」

機械のＬＥＤライトに眩（まぶ）しく照らされた狭い廊下を博士は進んでいく。

「博士、いえヨルゴ、考え直してくださいませんか」

小さなドアが四つ並んだトレーラーハウスのようなものがある。トレーラーハウスと違うのはその壁面と屋根が、虹色に輝く太陽熱集熱パネルで覆われていることだ。

博士は無言のまま、そのドアの一つを開く。人がやっと一人通れるほどの通路の向こうにベッドと小さなテーブルが一つ置かれているのが見えた。手前の通路の脇が手洗いとクロゼットなのだろう。前世紀に日本各地にあった格安ビジネスホテルのような造りだ。もし便器がむき出しになっていたなら刑務所の独房に近い。

大柄な体を斜めにして、博士は狭い通路を通り中に入ると、すぐに出てきた。本当に釣り竿と布袋を手にしている。

「隣の部屋が空いている。今夜はそこに泊まりなさい。毛布は用意していないので空調で室温を調節するといい」

「ええ、ありがとうございます。でも、ヨルゴ、無理にアメリカに帰らなくても、せめて奥様と一度だけでも、話をしてくださいませんか。電話でもタブレットでも、繋がる手段はあるのでしょう」

無言のまま博士は屋外通路に出ると、寿美佳に向かい、付いてこい、というように顎をしゃくった。

釣り竿の先端が、周囲の入り組んだ鉄骨やワイヤーに触れないように抱え込み、階段の方に戻っていく。

昼間と同じ世界とは思えないほど、夜風がひんやりと涼しい。

ベルトコンベアもバケットホイールも動きを止めており、異様なほどの静けさが巨大マシーンを包んでいる。

不意に機械全体を眩しく照らし出していた灯りが消えた。

圧倒的な密度の闇が迫ってくる。

動くな、というように博士の硬く皺深い手が寿美佳の肩を押さえた。

「目が慣れるまでしばらくそのまま。足を踏み外すと危ない」

「停電？」

「いや、休憩だ。機械も人も。以前、ワーカーは四人いたが、半年前に一人、いなくなった。それで三人態勢になって二十四時間稼働はできなくなった」

今夜、寿美佳が泊まることになった部屋というのは、その彼が使っていたものなのだろう。

「会社には幾度も人を寄越せと言っているんだが、まだ誰も寄越さない」

「いなくなった、と言うのは？」

果たして自分の意思で退職などできるのか？

博士は答えない。

新橋のレンタルスペースで話を聞いたウサギのアバターの男は、鉱山からトラックの荷台に乗って逃げ出し、太陽に焼かれて死んだワーカーがいる、と話していた。

「君がこのままここに居続けてくれたら、また元の態勢に戻れる」

笑いを含んだ口調から冗談だとわかるが、背筋が寒くなった。

「とはいえ、この時間帯には機械は止めた方が効率的だ。ここのエネルギーの大半は太陽熱と太陽光から供給されるのだから」と背後を指差す。そちらの方向に発電機があるという。「もっとも独立電源にはほど遠い。大半の電力は発電所から供給される」

幾度か瞬きしたのちに視界が捉えたものは、遥かな地平線から昇りつつある異様に大きなオレンジ色の暗い月だった。

人工の灯りなどどこにもないが、闇を透かして鉄製の階段を降りていく足元がうっすらと見える。視線を上げると空全体が白く曇って見えるほどの星だった。

「銀河だ」

皺深く節くれ立った指が空を差す。

立ちすくんでさらに瞬きした。

知識としてはあるが見たことのない銀河、澄み切った夜空に延びる淡い光の帯だというが、空全体がおびただしい数の星で埋め尽くされていてわからない。

「世界一美しい星空だ」

静かな口調で言って博士は微笑む。

「今だ。月が昇りきってしまうと星々の光が消されてしまう」

天を仰いだまま、手すりに摑まって降りていく。

砂の上に足を下ろした。デザートブーツで砂をきしらせて歩いていく博士の後を追う。

起伏した砂の上を走るものがいた。

それが何か認識する前に、全身を悪寒が走り悲鳴を上げた。

蛇だった。長さ八十センチほどの蛇が体をくねらせ、前にではなく波打ち際の波のように横に移動している。

「これを」と手にしていた釣り竿と袋を渡された。

博士の体が動いた。逃れるのかと思っているといきなりブーツで胴体を踏みつけ、次の瞬間、右手の親指と人差し指で小さな頭のすぐ下を摑んだ。

獲物を掲げるように蛇をだらりとぶら下げて見せる。馬糞と麝香の入り交じったような異様な臭気が立った。

「すまんが袋の中からハサミを取ってくれんか」

言われるままに震えながら袋をかき回す。

調理用ハサミによく似たしっかりした厚手の刃のハサミが入っていた。博士の左手に渡す。

どさりと胴体が砂の上に落ちた。

切り離された頭を博士は放り投げる。

「あ、頭に触らんようにな」

胴体と切り離されても、噛みつかれ毒液を注入されると言う。言われなくても触りたくない。

次に博士は頭を失ったままのたうち回っている胴体を捕まえた。

次には皮を剝ぐのかと、思わず目を背けたが違った。

袋の中から蓋付きのプラスティック容器を取り出すと、その上に蛇の胴体をぶら下げ、まだ動いているそれを二センチ刻みくらいにハサミで断ち切っていく。

生臭い臭いとともに容器の底にくろぐろと血が溜まるのが見えて、寿美佳は吐き気を催す。

「頭を切り落とされても毒蛇はしばらく生きているが、もはや脅威ではない。人間は去勢されると」と言いかけ、ぶつりと胴体を切った。「しばらくどころかかえって長生きするそうだ」

嫌な連想に寿美佳は身震いする。

「あのブロンドのオーストラリア人は、自ら望んで去勢されてここにきた」

息を呑んだ。階段で倒れそうになった寿美佳を介抱してくれた男だ。

「害虫を駆除する感覚で人を殺す男だ。怒りでもなく、恐怖でもなく、合理的な理由から抵抗感なく大量殺人を犯す」

切り裂きジャックか、ハニバル・レクターか。

ここに閉じ込められている凶悪犯、とは彼のことだった。

熱中症にやられた頭にシャワーを浴びせかけられた。体を支えてくれた力強い腕の感触が恐怖を伴ってよみがえった。

「仮釈放なしの終身刑を言い渡されてニューサウスウェールズの刑務所に収監されていたが、刑務所内の煩わしい人間関係を嫌悪し、去勢を条件にここに収容された。まあ、去勢といっても切断したのは局部ではなくて、神経の一本だという話だ」

そう言いながら切り終えると、博士は素早く容器に蓋をし、血まみれのハサミを足元の砂で水洗いするようにこする。ハサミと容器を袋に収め、博士はさらに歩いていく。

砂の大地は緩やかに起伏している。数分下った後、砂の上にどっかりと腰を下ろした。

袋の中から何かを取り出した。

セラミック製の蓄熱盤と金属製の器だ。

袋の中に入っている水筒の水を沸かすようにと博士は指示する。

まさかあの蛇のぶつ切りを煮るのかと身構え後ずさると、釣り糸をセットしながら博士が言った。

「コーヒーをいれてあげよう。粉末だが食堂のリキッドコーヒーよりはましな味がする」

博士はさきほどのプラスティック容器の蓋を開ける。

中から血まみれの蛇の肉片を取り出し、釣り針の先端につけた。

確かに魚釣りだ。しかし砂漠の真ん中には海や湖どころか、水たまりさえない。

餌をつけた釣り針を博士は砂の上に垂らした。

目を凝らせば、砂上に一際闇の濃い場所がある。直径十センチほどのすり鉢状の窪(くぼ)みだ。太陽熱をため込んだ蓄熱盤の上に載せた器の中で、湯がたちまち沸騰した。

博士は釣り竿の根元を砂に突き刺し、手に付いた血を砂で洗うと、器の湯をカップ二つに注ぎ入れる。

ビニール袋に入っている褐色の粉を半分ずつカップに入れてかき混ぜる。

「二分間、そっと待つ。揺らさないようにな」

二分後に博士はカップを静かに持ち上げ、上澄みをすすった。

湯に入れた粉は溶けることもなく、カップの底に沈殿している。

寿美佳も真似して飲む。

焦げ臭く、喉にひっかかる独特の風味だ。飲み慣れたリキッドコーヒーの着香料の香りの方が好ましく感じるのは、本当の豆の味を知らずに育ってきたからだろう。

「トルココーヒーですね」

初めてだが知識としてはある。

「いや、ギリシャコーヒーだ」

「ああ……」

地域によって名前が違う。トルコ、ギリシャ、アラビア、それぞれが我こそは本家、我こそは元祖と主張する。

「お名前からして、博士はギリシャ移民ですか？」

「祖母がな。気候変動の直撃でただでさえ乾いた島で、山火事が発生した。一週間以上燃えて島を焼き尽くし、島民はパトラの町に逃げ、祖母は子供たちとともにそこからアテネに出て、兄が留学していたアメリカに渡った。山火事の折に焼け死んだ曾祖父は、漁師だった。ロブスターを獲ってきてはパスタを作ってくれたと祖母は語っていた。ときおりサンフランシスコの町でロブスターのスパゲッティを食べさせてくれたが、ギリシャのロブスターはこんなぱさぱさしたまずいものじゃない、とよく語っていた。敬虔なギリシャ正教徒で、死ぬまであのギリシャの島を懐かしんでいた」

「ロブスター」

食べたことはない。似ているがハサミのない伊勢エビは日本国内でも獲れるらしいが、そんなものを食べられるのは海外の富裕層だけだ。

ギリシャの島の漁師の生活は決して豊かではなかっただろうが、そんな海の幸を日常的に口にできるなら、少なくとも先進国のマンションに住んで人造肉を食べている中流層の市民よりは充実した暮らしをしていたのではないか、と寿美佳はいつになく単純に考える。

「毎日がこんな風に過ぎていくのですか」

「ほぼ。ときおりイベントがあるが、変わらない。ドローンが運んでくる食物と日用品を午後八時三十分に受け取り、代わりに汚れた衣類を洗濯に出す。九時から食事。涼しい夜をゆっくり楽しみ、タブレットで様々な古典に目を通す。悪魔のような太陽が顔を出し、あたりを焼き始める前に眠りについて午前十一時に起きる。昼食を済ませて操縦席に向かい、午後八時まで鉱砂を掘る。平和で安定した日々だ」

寿美佳はかぶりを振る。代わり映えのしない日常、代わり映えのしない景色……。

コーヒーカップの漆黒の水面に光が映り込む。

目を上げるとさきほどの大きくオレンジ色に見えた月が、輝きを増して中空にある。それでも星々の輝きが消えることはない。

空は美しい、夜の砂漠も快適だ。

だが……。

「何か？」

穏やかな口調で博士が尋ねた。

「孤独すぎます。私がいなければ博士は一人で過ごしていますよね。同僚はいても交わっている様子がありませんし、食事や買い物で接客されることさえない」

「そうか。君は家族は」

「いません。いえ、父と母はいます」

無意識に肩をすぼめている。

小柄で色黒で短髪、頬のこけた貧相な顔。リトルガール、お嬢ちゃん、などと日本で呼ばれたことはない。ネズミ、と陰口をたたかれていた。いや、正面切って言われた。

寄ってくる男はいない。世間には肉感的で色気を振りまく者がセクハラの対象にされると思い込んでいる者もいるが、実際のところは性的魅力に乏しく地味だからこそ、性的嫌がらせの対象にされる。おかげで鋭い切り返しの手段だけは身についた。

「未婚であることを劣っているとする発想は私にはない。産めよ増やせよ地に満ちよと、強姦も近親相姦も認め、堕胎を禁止し、ひたすら繁殖することを賛美し悦に入っていたかつての大統領のような愚かさは持ち合わせてはいない。家族を持ち、子供を産み育て、コミュニティに繋がることを幸福と感じる者もいるだろうが、少なくとも私はそうではない」

博士の右手が素早く動き、釣り竿を摑んだ。

「かかった」

釣り竿がしなり、糸がぴんと張った。

慎重に竿の先を引き上げる。

失望のため息が聞こえた。

「餌だけ取られた」と言いながら針を引き寄せ、タッパーから再び肉片を取り出して刺す。

「何が釣れるんですか？」

「ロブスターさ」

平然と博士は答える。砂漠の真ん中、一滴も水のないところでロブスター。

「ああ、祖母が死ぬまで戻りたがっていた島、彼女が幼い頃に食べたロブスターと同じ味の」

砂の上の別の窪みに、餌のついた針を投げる。

「それで君は一人でここまでやってきた」と屈託のない笑顔をこちらに向けた。

「はい」

「ジャーナリストと名乗ったね。ジャーナリストとして何を発信したいんだい？」

「そのときによりますが、たとえば著しく人権を抑圧された労働現場の実態を明らかにして、意に反した状態に置かれた人々を救い出したいと」

「ところが来てみたら、私は格別不満を抱いてはいなかった、というわけか」

いいえ、あなたのところに来たのは、そのための資金を稼ぐのが目的です、という言葉は腹の内にとどめる。

釣り竿の先端が動いた。

博士がさきほどよりもさらに慎重に竿を引く。いったん引いて戻す。さらに引く。

糸に手をかける。ゆっくり引く。

「網を」

博士が短く命じた。

袋の中に丸めた網が入っている。

月明かりに、糸の先端についているものの、その特徴的なシルエットが見えて、寿美佳は後ずさった。

サソリだ。それも見たこともないほど巨大な。

尾を立てたサソリに向かい博士は網を投げ、そのまま搦め捕るようにして引き寄せる。アメリカ東海岸で獲れるロブスターほどの大きさだろうか。

しかし色は黒く油光りしている。

尾を立て、ハサミを鳴らしているそれに網を絡めたまま、博士はさきほどのハサミを取り出し、尻尾の先端を切った。次にサソリのハサミを切り落とす。

尻尾をつまんで砂の上に放り投げると、蓄熱コンロの上に金属板を載せた。焼けた金属面にサソリのハサミを二つ載せ、つぎに網からサソリの本体を取り出すと胴体を真っ二つにして金属板の上に置いた。

油臭く苦みのある昆虫臭が立った。

トングのようなもので博士は金属板の上のサソリをひっくり返す。

「直火であぶればもっと風味が良くなるのはわかっているが、ここで手に入れられる固形燃料ではコールタール臭くなってかなわない」

ということは、食べるつもりなのかと、身構えていると、寿美佳の座っている砂の上に、先に火が通ったらしいサソリのハサミを置いた。

「熱いから気をつけてな。残念ながらロブスターほどにみずみずしくはないが」

長さ五センチほどのハサミの刃に当たる部分を持って二つに裂く。

焦げた殻の中から夜目にも白く、身が顔を出した。指先でつまんで殻から引っ張り出す。

召し上がれ、とでも言うように、博士が胴体をひっくり返しながらうなずいた。

真っ黒な殻はおぞましいが、白い身は確かに甲殻類のものに似ている。

細い繊維質のものを躊躇しながら口に入れた。あぶっている間に発していた昆虫臭さは、意外にも消えている。魚介類の磯臭さも生臭さもない。ぱさぱさとした身はかみしめると濃いうまみが口の中に広がった。

「気に入ったかね？」

博士は今度は太い胴体を金属板から下ろして、寿美佳の前に置く。

そしてプラスティック容器から蛇の肉片を取り出し、再び針の先に付けると別の方向の砂の上に垂らした。

胴体の殻を寿美佳は外す。指先が熱い。だがハサミよりも殻は柔らかく、焦げているので崩れるように剝がれる。

「消化管は外すようにな。希に中毒を起こす」

言われるままに真ん中に通っている内臓をつまんで外し、白い身を口に入れる。

柔らかくほろほろと崩れる身は、経験したことのない美味だった。

「似ているだろう、ロブスターに」

無言で首を振る。

「ロブスターは、食べたことがありません」

日常食は人造肉とたいていはスパム。魚介類は練り物と冷凍魚の切り身で、それさえ贅沢品だから、サソリとはいえ生鮮の味は格別だ。

「おっと」

博士が網を投げる。また一匹かかった。

気がつくと夢中で食べている。

博士は穏やかに微笑んだまま、サソリを釣り上げては円盤の上で焼き、寿美佳の前に置く。やがて口の中が濃いアミノ酸のうまみにしびれて、途方もない満腹感を得たとき、月は西に傾いていた。

博士を説得する代わりに、明るさの異なる星々に埋め尽くされた夜空の下で、両手で殻を割っては、その殻に指を突っ込み、白い身を引っ張り出しては口に運ぶ。

いったい何匹のサソリを食べたのだろう。

月はさらに低くなった。夜中の三時を回っている。

あと三時間で迎えのトラックが来る。

浅ましいことに自分が食べ物に夢中になって博士の説得を忘れたことを思い出す。

「博士」

あらためて呼びかけると、何か尋ねる前にこちらの意図を察したように博士は答えた。

「妻には見たままを伝えてくれ。私はここで自らの人生の終着点を見つけてしまった、もうあの町に戻ることはない、と」

「その気になればここを出られる、迎えの車を呼べる、と博士はさきほど言われましたね」

「ヨルゴでいい」と言った後に、続けた。「君が乗ってきた無人トラックでも帰れる」

「なら、それで、一時帰国はできませんか。伝聞ではなく直接、奥様に会って理由を告げるくらいはなさったらいかがですか」

博士は答えず、サソリの身から出た汁や油で汚れた金属板と器を砂で磨き、砂ですすぐ。

不意にあたりが明るくなった。まだ東の空は明るみかけてもいない。

機械の照明が灯ったのだ。数百メートルも離れているはずだが、遮るものもなく無機質に澄み切った大気を透かして、機械全体が煌々と輝いている。

「そろそろ帰ろう」

博士に促され歩き始める。

昼は六十度まで気温が上がる砂漠だが、この時間は震えるほどに寒い。

無言で歩いた。

機械にたどり着き、階段を上ったところでプラチナブロンドの男と会った。

「やあ」

「おはよう」

男二人の間で挨拶以上の言葉はなかった。博士が連れている小さな東洋人の女についいて、ブロンドの男が何か尋ねることもない。こちらに微塵(みじん)の関心も抱かぬ様子で食堂に向かう。

大量殺人、去勢、の言葉が頭の中で渦巻き、心臓が締め付けられるように苦しくなった。

「これから朝食を取って午前四時から十二時までが彼のシフトだ。私もそろそろ寝て昼からの勤務に備える」と博士がささやく。

「私が言ったこと、考えてくださいますか」

宿舎に戻っていく博士の後ろ姿に呼びかける。

迎えの車が来るまであと二時間半しかない。

そのとき博士がこちらを振り返った。

寿美佳の方ではなく遥か彼方を睨みつけている。

寿美佳も背後を見た。東の空は地平線あたりの星空にかすかな青みが差しているが、背後の西の空の星が深い闇に塗りつぶされている。

目をこらした瞬間、青白い光が走り周囲が真珠色に輝いた。

稲光だ。

「こんなところで？」

「昔はこのあたりは七、八十年に一度、すべてのものを洗い流すような雨が降ったらしい。それが二十年に一度になり、五年に一度になり、近頃は年に一度はくる。やっかいなのは雨ではなく……」

かすかなモーター音のようなものが聞こえてきた。星々の間に一際強い光が五点現れ、急速に近づいてきた。

食物その他を届けるドローンだ。どこに着地するのかと目で追っていると、機械を通り越して飛んでいく。大きく弧を描いてこちらに戻ってきた。

「面白い航路を設定しているんですね」

「いや」と博士が短く答えると、いきなり寿美佳の腕を摑み、自室のドアを開けると背中を押して中に入れ、自分も入ってドアを閉めた。

驚いて目の前の老人とも言える年頃の男を見つめる。

ドローンの飛行音が近づいてくる。まさか何かの理由で無人攻撃ドローンでも飛ばしてきたのか。

すさまじい金属音が響き渡った。

ひっ、と小さな悲鳴を上げて無意識に博士の足元にしゃがみ込む。

「大丈夫だ」

博士が分厚い扉を開けて外に出る。機械を照らし出していたサーチライトのような灯りが消え、ところどころに非常灯が灯っている。

その青色じみた薄暗い光の中に、カタカタと音を立ててドローンの破片が飛び散っていた。

鉄の廊下や居住区の壁や屋根の上に、金属片に加えてパンやソーセージやブロッコリの破片が散らばり、機械オイルと食べ物の匂いが入り交じった異様な臭気が立ちこめている。

「着陸失敗か」と博士がつぶやき、クレーンの一つを見上げて「しばらくここから動かないように」と鋭い口調で寿美佳に告げて、頭上を指差した。

衝突で切れたのか、それとも回転翼に触れたのか、ケーブルが一本ぶら下がっている。

ほどなく非常灯も消え、階段をゆっくり上がってくる足音が聞こえた。

昨夜食堂で見た東洋人の男だ。

「やれやれ、面倒なことだね」と博士が男に声をかけるが、男はそれには答えず通り過ぎ、切れたケーブルに近づいていく。

「雨風雷に弱いのは、百年前から変わらない」

ドローンのことだ。すれ違いざまに男は確かにそうつぶやいた。日本語で。

「すみません、日本人?」

日本語で声をかける。

こちらに視線を合わせずに男はうなずいただけでケーブルに近づき、確認するように眺めると、きびすを返して階段を駆け下りていく。

「重機整備士だよ」

博士が説明した。

「日常的な機械の整備と修理、バケットの刃の削り出しは彼の仕事だ。大きすぎて手に負えないものについては事業所の整備チームを呼ぶが、通常のメンテナンスは彼が一人いれば、あとはAIで足りる」

「日本人でしたが」

「国籍など知らん。ここの仕事が好きかどうかだけが問題だ」

好き嫌いなどではないだろう、とここに来る前に話を聞いた脱走成功者のことを思った。

ブーツの足音が駆け上がってくる。今度はあの大量殺人犯のブロンド男だ。

「私の食事がこれか」とブロンド男は鉄の床に転がったパンやソーセージや野菜とともにドローンの破片も拾い集め、手すりの向こうに投げ捨てる。

「冷凍庫にある私のを食べるといい。年寄りにはあの半量で十分だ」

博士が声をかけ、ブロンドの男は「ありがとう、次の便で返すよ」と応じる。

大量殺戮を実行した男にふさわしい粗暴さは微塵も感じられない。去勢の効果とはこうしたものなのか。

「雷が近づいてきている。ドローンも来る途中で制御不能になったようだ。五分後にすべての電源を落とす」

ブロンド男はそう言い残して機械室とおぼしき窓の無い小屋に入っていく。

夜が明けつつあるはずだが東の空は分厚い雲に覆われていて薄暗い。遥か彼方の稲光は見えるが音は聞こえてこない。夜明けの淡い闇に閉ざされたまま空は静まり返っている。

「悪いが寝る。十一時半には起きなければならないので。妻には元気だと伝えてくれ」

「待って」

博士はかまわず寝室に入る。かちりと施錠する音が聞こえた。

「お願いです、少し話を聞いてください」

扉を叩いたが無視された。

次の瞬間、照明が落ちた。

途方に暮れていると、機械室からブロンドの男が戻ってきた。

「電源を落としたので部屋の水道は使えない。喉が渇いたら食堂にある給水機の水がある。用足しは……」と砂漠を指差した。

気温がまだ上がっていないのが幸いした。

寿美佳は階段を下りて、砂の上で用を足し、砂をかけ、砂で手を洗った。

食堂に行きそこにある金属のカップで水を飲む。うがい歯磨きをしたいが、水道が使えないので諦める。とはいえこうした施設で使える水は飲料水以外は、おそらく下水を濾過(ろか)した中水なので、無害とはいえ口に入れるのは勇気がいる。

寝過ごすことを怖れて寝室には行かずに、休憩室のベンチに腰掛ける。

電源が落とされているが、窓から入る外光に照らされた部屋で、空調装置だけが稼働している。照明はなくても空調だけは非常電源で動き続ける。この時代、高温度地域では標準的な設備だ。

窓の外を見ると重機整備士が一人、忙(せわ)しない足取りで歩き回っている。電源を落としている間に、さきほど切れたケーブルの修理をするのだろう。

雷が近づいてくる気配はない。

空調装置の小さなうなりに、心臓のゆっくりした鼓動に似たリズムのモーター音が入り交じり、次第に近づいてきた。

帰りのトラックがやってくる。

博士の救出は失敗した。着手金を返還する必要はないと言われたが、経費でほぼ全額が消える。それ以上に、自分が根拠のない自信を抱いていたことを思い知らされ、体から力が抜けていく。

時計を確認した後、外に出た。階段を下りて砂の上でみるみる大きくなってくるトラックの鼻面を見る。

急速に気温が上がっていく外気の中で、鉱砂輸送用トラックが地響きとともに近づいてくると、ゆっくり進路を変えて鉱砂投入口の下に行き、ぴたりと止まった。

そちらに駆け寄り狭いステップを上って、スライドドアが開くのを待つ。

開かない。

叩いてみる。外から手動で開けられるような取手はついていないし、おそらく施錠されているだろう。

静止したままトラックは人を乗せる気配もなく、そこに留まっている。

雷で制御不能に陥り、この機械に衝突したドローンのことが頭をよぎった。

恐怖を感じて慌ててステップを降りる。

突然動き出す怖れもあり、できるだけ離れる。

鉄製の廊下を歩くブーツの足音がした。

「そこで待っていてもトラックは動かないぞ」

ブロンドの男の声が聞こえた。

「なぜ?」

「トラックは精錬所に鉱砂を運ぶようにプログラムされている。空身のままでは戻らない」

通常なら午前四時から動いているはずの機械がまだ止まったままで、ベルトコンベアも止まっている。しばらくの間、荷台に鉱砂が供給されることはないからだと言う。

「それではいつ?」

「修理が終わって、この近くの落雷の危険性が去ったら、だ」

動き出したらすぐに乗れるようにその場で待機したいが、すでに外気温は四十度を超えている。

「機械を動かすときに教えてください」

そう言って、機械の階段を上る。明るさを増す陽射しの下で、鉄の手すりが熱い。

休憩室内に入りベンチに腰掛ける。雷が近づいてくる気配はない。

抗いようのない眠気が襲ってきて硬いベンチに横倒しになり、少し眠った。

肩を揺すられて目覚めた。

体中が痛い。

慌てて身を起こす。

「そろそろ帰りの車が動くぞ」

博士がいた。ビニールパックに入ったものを手渡された。

どこの国の自販機でも売られている、果汁0パーセントの宝石のような色合いの清涼飲料水だ。

世界中の農地からほとんどの昆虫が消えた今、受粉を必要とする果実など作れない。

蜂の代わりに体重の軽い子供たちが木に登り、筆を使って受粉させているところがロシアや中国の少数民族自治区などにはあるらしいが、過酷な児童労働によって生産された貴重な果物を搾って作られる本物のジュースを味わえるのは、一部の富裕層だけだ。

ケミカルな味のする甘い液体をすすり、寿美佳は礼を述べて階段を下りる。

もう一押し、など無駄であることはわかっていたが、思わず最後のチャンスですよ、と言ってみた。

博士はうなずき、少し待っているようにと言い、布袋を持ってきた。

「町にたどり着くまでの間に何があるかわからん。これを持っていけ」と博物館で見る旧式携帯電話に似た通信機を手渡された。鉱山会社が鉱区の通信用に社員に貸与しているものだ。情報統制された鉱山地区であるから、市販のタブレットやスマートフォンが使えない。

「パスワードはDIOGENES　ディオゲネスだ」

「どうやってお返しすれば……」

「町に出て事業所のオフィスに預ければいい。拾ったとでも言って」

博士の手が寿美佳の背中を叩き、もう一つ、ずしりと持ち重りのするものを手渡す。

「うそっ、いりませんよ、こんなもの」

反射的に突き返そうとするのを博士は両手でとどめた。

掌(てのひら)に収まりそうな拳銃だ。

「おもちゃだ、リトルガール。それでも何かのときには役立つ。空港に着く前に砂漠に捨てればいい」

言いたいことはたくさんあったが、室内の照明が灯り、息も絶え絶えのような音を立てていた空調装置から勢いよく冷気が吹き出してきたとき、寿美佳は諦めてここを出ることにした。

「行け、ドアが閉まる前に」

「本当に後悔しませんか」

階段を下りながら、別れの挨拶の代わりにそう叫んでいた。

博士は笑いながら手を振り、操縦席に続く階段を上っていく。

砂の上をトラックのところまで歩くのも、気温が六十度近くにまで上がってくると息が切れる。吸い込む空気で喉が焼けるようだ。

遥か彼方でバケットホイールが土砂を掘る音が聞こえてきた。同時にベルトコンベアが動き出す。昨日から溜まっていたものらしく、ほとんど間を置かずすり鉢状の容器の底が開き、トラックの荷台に土砂が落ちる。砂煙で何も見えない中、素早く手袋をはめ、トラックのステップを上がる。ドアが開いた。

乗り込む。一呼吸置いてドアが閉まった。内部は摂氏六十度の外よりさらに暑く、服から露出した顔や手の甲がひりひりする。

足元にある空調機のスイッチを入れた。凍るような風が吹き出す。

ようやく一息つく。荷台に土砂の落とされる音と地響きが止んで数秒後に車はゆっくりと動き出した。

巨大機械が遠ざかっていく。あらためて敗北感に捉えられた。

無駄骨だった。博士の妻には何と報告すればいいのか。

幼い頃から三十を過ぎてここでトラックに乗るまでのことが、次々と記憶によみがえってくる。

自分も家族も中流家庭と信じていた、貧しい日本の貧しい家。

奨学金で入った大学は、低額の授業料と引き換えにほとんどがオンライン授業だった。卒業後、接客業に就くために海外に渡った友人たちを横目に、容姿に恵まれない寿美佳は清掃公社に就職した。

男性作業員たちの餌食になると噂されている職場だったが、それは単なるデマで、嫌な思い出は何もない。すさまじい臭気漂う現場で、クレーンでゴミを吊り上げてはピットに落とす作業は、家族や友人たちから疎まれ、侮蔑の対象になったが、寿美佳は嫌いではなかった。

学生時代にアルバイトをした安食堂では、同級生の女性たちはフロアに立ったが、寿美佳は男子学生と一緒にバックヤードに配属された。食洗機や乾燥機を扱い、残飯を廃棄する仕事だった。そのアルバイトより清掃工場の仕事の方がましだった。いや、まし、以上に、気に入っていた。食堂の男性社員やアルバイト学生たちのからかいや嫌がらせがひどかったせいかもしれないが、それだけではない。

理由はわからない。

それでも清掃公社は一生いるところではない、という自覚はあった。新たな目標のための通過点だからこそ三年間、懸命に働いたのかもしれない。

奨学金を完済した後は、フリーランスのジャーナリストの夢を抱いたが、実際に得られたのはネットライターとしての仕事が大半だった。

今回の仕事が千載一遇のチャンスだったはずだ。

しかし成果は得られず、本来の目的を遂行する資金を稼ぎ出すことができないままに帰国する。

記事は書ける、と自分を励ます。伝聞でもなければ、体験者への取材でもなく、ファイヤーヒルまでやってきて、あの機械の中に入り、そこの「住人」に直接インタビューしたのだから。そんな記事が売れるのかどうか、甚だ心許ないが。

四十分ほどした頃、ガラス越しに見える地平線の彼方に再び雲が湧き立つのが見えた。

異変に気づいたのはそのときだ。未舗装とはいえ、トラックルートには一応の道筋がついているのだが、いつの間にか道から外れている。どこかで緩やかに進路を変えたようだが、気づかなかった。困惑しているうちに先ほど正面に見えた入道雲が右手にある。数分後には視界から消えた。

トラックが大回りのUターンをしたのだ。元来た道を戻っている。やがて左手に小さく、機械が見えてきた。どんどん近くなってくる。

呼び戻されている。

何の事情か。トラックは車体をきしませ、がくりと前のめりになって急停車した。体が前に投げ出され危うくフロントガラスに激突しそうになった。ようやくのことで体を支えたとたんに、モーターのうなり声とともに地響きが聞こえ、あたりに砂煙が立つ。

荷台に載せた土砂を下ろしたのだ。精錬所も集積所らしきものもない、ただの砂漠の真ん中に。

次の瞬間、急発進した。空身のトラックが猛スピードで走る。

道からは外れている。

長年、こき使われた超大型無人トラックのＡＩが経年劣化で適応障害を起こしたのか、それとも創造主である人間に対して反乱を起こしたのか。

恐怖にかられた。このまま鉱山のあらゆる施設から外れ、人も建物も何もない砂漠の奥深くに連れていかれたら……。

やがて電気を使い果たし疲れきったトラックは止まる。あるいはその前に小さな空調機のバッテリーが尽きる。

摂氏六十度の熱気にやられ、遺体は太陽に焼かれた金属の車体にこびりつく。

極度の恐怖に駆られたときに、悲鳴も上げられずに脱力することを知った。

寿美佳はシートの背もたれに体を預けたまま、トラックの揺れに身を任せ、ぽっかりと目を見開いて砂漠の彼方を眺める。

不意に砂漠に鎮座する巨大な機械が正面に見えてきた。

車は猛スピードでそこに向かっていく。

ぶつかると目を閉じた次の瞬間、漏斗のような鉱砂の容器の下で停車した。

地響きとともに再び鉱砂が積み込まれる。

だがドアは開かない。どこかにスイッチがあるはずだと、運転席を探すが、無人運転を前提とした車にはギアもアクセルもブレーキもハンドルもない。当然、ドアの開閉ボタンもない。つるりとした室内にあるのは、例外的に人が乗るための「客席」だけだ。

あっという間に積み込みが終わり、トラックは再び急発進する。今度は精錬所を経由して充電ステーションのある発電所まで戻れるのかとわずかに期待したが、トラックは再び道を逸れた。急停車し、何もないところに鉱砂をぶちまけ、再び巨大機械へと向かう。

あの機械の中にいるだれかが呼び戻したのか、と思ったが、トラックをコントロールしているのは、鉱山会社なのだからそれはありえない。

トラックに組み込まれているＡＩは、障害物を感知して避けたり、危険を察知して緊急停止したりするが、ルートを設定し走らせるのはオフィスに置かれたコンピュータだ。

そのときさきほど立ち上がっていた雲の姿を思い出した。

このトラックは充電を終えて発電所から来た。だから雷の中を通ってきた、ということは十分考えられる。あるいは発電所とここまでの間のどこかで落雷に見舞われたのかもしれない。とにかく自動運転システムが雷のノイズを拾って、正常な運行ができなくなった。

他のトラックも鉱砂を運搬するためにやってくる時刻だが、一台も見ない。雷が通り過ぎるのをどこかで待機しているか、あるいは故障の修理のために検査場に向かったのかもしれない。

空身のトラックは寿美佳を乗せて再び機械に近づいていく。

鉄とワイヤーで組み立てられた城のようなシルエットが近づいてくる。

まさに落雷のような音を立てて鉱砂が積み込まれて再び機械から遠ざかる。

むやみに暑いのに気づいたのはそのときだ。

足元のポータブルエアコンに目をやる。吹き出し口に手を当てる。止まっている。

両手でドアを叩いたが、それで開くはずもない。

とっさに出発間際に手渡された通信機の電源を入れた。

連絡先が表示されるが、ナンバーのみなのでどこにかかるかわからない。

とりあえず一番上に表示された番号のボタンを押す。

通信エラーという文字が点滅した。

二番目の番号にかけたが同様だ。

三番目にかけるとかちりという音とともに相手が出た。沈黙している。

「すみません、掘削機械と精錬所の間でトラックが故障しました。動いていますが、軌道をずれています。ドアが開きません。エアコンが止まりました」

矢継ぎ早に伝えた。

「手元にバールかドリルはあるか」

低く落ち着いた声が尋ねた。

あのプラチナブロンドの男のものだ。

「ありません。工具は何も……」

「何か硬いものは？」

「この通信機くらいしか」

「ナイフは？」

「ありません。あ……銃ならあります」

「上等だ」

車内の温度が急上昇している。

「おそらく鉱砂を積み込むために、トラックはまたここに来る」

「はい」

「停車したら、ドアのロックを撃ち抜け」

「ドアのロックですか？」

スライドドアの閉じ口あたりを見るが何もない。

「どこがロックですか？」

「ダッシュボードがあるだろう」

有人運転車ではないから、計器類はない。

「そこを叩いてみろ」

「どうやって……」

「ただ、殴りつけてやればいい。おそらくドア部分でランプが点灯する箇所があるはずだ。そこに銃口を近づけて撃ち抜け。それでドアが開く」

「了解です」

つるりとしたダッシュボードを力任せに殴った。

ドアの上部の片隅が淡く、一瞬、点灯してすぐに消えた。

「わかりました。撃ち抜きます」

暑い。内部の温度はさらに上昇した。

正面にそそり立つ機械が見えてきた。

「ちょっと待て」

「暑いので、今ドアを開けていいですよね。振り落とされないように椅子にしがみついていますから」

「だめだ」

低い声が答える。

「外気温はすでに六十度を超えている。熱風が吹き込んできてやけどする」

確かにその通りだ。せいぜい四十数度の日本の夏とは違う。

「水を持っているか？」

「はい」

一リットル入りの水筒がバックパックにある。

「それを頭にかけろ」

言われた通りに頭にかける。湿度は限りなくゼロに近いので、ひんやりとした冷たさに意識がはっきりしてくる。服にしみこんだ水が体を冷やしてくれる。

機械が近づいてくる。

見慣れた漏斗状の鉱砂溜めに向かいトラックは近づいていく。

止まった。

もう一度、ダッシュボードを殴りつけた。

淡く点灯したドアの一部分に銃口を近づけ、引き金を引く。

引けない。壊れているのか。もう一度試すが、銃は沈黙したままだ。頭に水をかけたと
きに、銃にもかかったからか。そもそもそんなに脆いものか？

車内の湿度が、水のために上がってしまったからだろう。暑さがさらに耐えがたい。

通信機を取り出し、再びプラチナブロンドの男に電話をかける。

「弾が出ません、壊れているようです」

悲鳴のような声で叫んだ。

「助けてください」

「引き金は引いたか」

「引けません」

「グリップの上部に小さなレバーがあるはずだ」

「ありません」

「落ち着け。よく見ろ」

小さな電源スイッチのようなものがある。

指先に力を入れて押すと、かちりという音とともにスライドした。

「ありました、動きました」

「それで大丈夫だ」

安全装置がかかっていたのだ。

ドアのさきほど点灯した部分に銃口を向けて引き金を引く。

音はさほどではなかったが、手袋をした掌と手首に反動が伝わってきた。

ドアは動かない。二発、三発、と撃ち込む。

不意に、音もなくドアがスライドした。

熱い砂煙が火山の噴煙のように吹き込んでくる。

素早く外に出た。

「早く降りるんだ」

しわがれ声が聞こえてきた。

博士が機械の階段を下りてくるのが見える。

「急げ」

ビルの二階ほどもありそうな高さを駆け下りる。

「跳べ」

何かわからないまま最後の数段を跳んだ。砂の上に着地する。

「離れろ、はねられるぞ」

熱い砂の上を走って車体から離れる。ドアを開いたまま、鉱砂を載せたトラックは急発進した。

モーター音が遠ざかると同時に、あたりの静けさに気づいた。機械の稼働音は止んでいる。ベルトコンベアも止まった。

「大丈夫か、とりあえず上に上がろう」

博士が寿美佳の腕を取った。

言われるままに階段を上り、休憩室に入る。

エアコンの冷気に人心地ついた。

博士が冷たい水をくれた。うっすらした甘味とわずかな塩味が感じられる。

「機械は止まっていますね」

「トラックが来ないのでは掘り出してもしかたないからだ。落雷でかなりの台数の内蔵アンテナやＡＩ本体がやられていると、さきほど、本部から連絡が入った。今、ほとんどのトラックが点検のために整備場に集められている」

「私が乗ったのは……」

「制御不能なのであのままバッテリーが尽きるまで走り続けるだろう。停まった場所が施設の近くなら何とかなるが、砂漠の彼方まで行ってしまったら回収はできない」

「雷の対策はなかったのですね」

大資本の鉱山会社にしてはずいぶんずさんな気がした。

「こんな場所で雷雲が発生するなどまれだ。しかもこれほどの威力の雷など想定外だったのだろう。さきほどの連絡によれば落雷一回当たりの電力が、一億二千万ボルトを超えたそうだ。本部や発電所界隈は豪雨に見舞われて空港からの道路が不通になっている。精錬所は雷に直撃されて、いくつかの機械が火を吹いたらしい。何とか火災は免れたようだが」

気候変動はますます予測のつかない現象を生み出している。

寿美佳は渡されていた通信機と拳銃をテーブルに出す。

「ありがとうございます。これが無かったら死んでいました」

「いや。まさかドアロックをこれで解除するとは思わなかった」とうなずきながら博士は拳銃を受け取る。

「あのブロンドの男性からの指示です」

「彼の判断には誤りがない。恐ろしいほどの精度で先の先まで読む」

博士は断じた。

「トラックの運行が止まった後も、彼が今まで機械を動かしていたのは、もし止めてしまえば君の乗ったトラックのＡＩが、ここに戻る必要なしと判断してどこか遠くに突っ走ってしまう恐れがあると考えたからだ」

「命を助けてもらったのですね」

今回だけではない。ここに来たときも、熱中症で倒れる寸前に救われた。

「本当に、彼は凶悪犯なのですか？」

「仮釈放なしの終身刑、ということはそういうことだ」

「大量殺人と聞きました……」

「二千人、いや三千人くらいか」

言葉を失った。

「戦争犯罪ですか」

「いや……」

「なぜ？　どうやって？」

「さあ」

「名前は？」

「知らん」と博士は肩をすくめた。

「雑談はするが、自己紹介はない。私の中では勝手にブロンド、と呼んでいる。知っているかね、女のブロンドと男のブロンドは綴り（つづ）が違うことを」

寿美佳は無言で首を横に振る。

「男のブロンドはたいてい成人する頃には、茶色に変わっているものだが、彼のように染めもせずにプラチナブロンドを保っている者もまれにはいるようだ」

ここではインターネットを使えないが、鉱区を出れば何か情報が得られるだろう。確かなのは、凶悪犯とはいえ、自分は彼に命を救われ、必要とあれば他人を助ける男だということだけだ。

博士が言葉を止めた。

食堂のドアから、のそりと東洋人が出てきた。

「おはようございます」

寿美佳は日本語で挨拶する。男は挨拶を返すことはなかったが、顎をしゃくるように小さく会釈し、そそくさと消えた。

「彼はまだ君がいるのに慣れていないようだ」

「慣れていない、って……」

「ルーティンから外れることを苦手とする者もいる」

博士は先に立って食堂に入り、男が立ち去った後のテーブルの前に座るように促し、寿美佳のためにリキッドコーヒーをいれてくれた。それと一緒に長さ三十センチほどのエネルギーバーのようなものを取り出した。

「オペレーター室に入ると八時間は出られないので、これがその間の食事になる」とそれを半分に折って、寿美佳に差し出した。

「いえ、博士のランチでしょう」

「ここの食事はすべて老人には量が多すぎる。食事も日用品もドローンが運んでくるが、一人一人のワーカーの事情まできめ細かく考慮はしないからな」

それでも遠慮していると「食べなさい」と命じる口調で言った。

「全粒粉の穀物バーだ。これと水をきちんと取らないと便秘になる。どれほど文明が進んでも、人間の内臓は獲物を狩り草木の実を採取して食べていた時代と変わらないんだ」

うなずいて口に運ぶ。ぼそぼそとして、薄ら甘く、油っぽいそれをかみ砕き、水で流し込む。

「うまくすれば夕刻にはドローンが復旧して、通常の食事を運んでくるだろう」

「トラックは」

「いずれ動き出す」

「でも……」

発電所から寿美佳を送り出した男は、「午前六時のトラックに決して遅れないように」と厳命した。まさかあんな事故が起きることなど想定外だから、プランBについての話はなかった。

「心配はいらない。君が乗って帰れるように、エアコンを載せたやつを一台手配してくれと、事業所の方に連絡しておこう」

「そんなことができるんですか」

驚いて尋ねた。

「君はまだ、私がここに監禁されていると思っているのかね」

「いえ、そこまで自由意志で留まっているとは信じられなかったものですから」

博士は呆れたように肩をすくめた。

「いったい、だれに何を吹き込まれてきたのかね」

「はい。どこかのだれかに吹き込まれたようです。一応、裏を取るためにここに来ました」

自嘲的な気分で答えた後に、博士に「寝ないでいいのですか?」と尋ねた。

未明まで外でサソリ釣りをした後、正午のシフト交替までの間、寝ると言って寝室に入ったはずだが、寿美佳のトラックの件についてブロンドの男から連絡が入ったのだろう。心配して起きてきてそれきりのはずだ。

博士は、壁に貼り付いた二十四時間時計にちらりと目をやり、「そうだな」と立ち上がる。

「おやすみ」と挨拶をして出て行きかけたが、開いた扉の隙間から熱い風と赤茶けた埃が吹き込んできて、慌てて閉めた。

「しばらく出られないようだ」

ぱらぱらと窓や壁を叩く音がしたかと思うと、豪雨よりも重たく乾いた音に包まれた。

窓の外が赤い。

砂嵐だ。

「すぐ終わる、いつものことさ」と博士は、テーブルの前に腰を下ろす。

砂嵐は二時間ほど吹き荒れていただろうか。

博士は寝室に戻るのを諦め、隣のベンチで横になり寝息を立てている。

寿美佳はいつ来るかわからない迎えのトラックを待つ。

やがてかすかな電子音が響き、博士が起き上がる。

交替の時刻だと言う。まだトラックが動かないから機械を動かせないが、とりあえず操縦席で待機するらしい。

「一緒に来て見学でもするかね？」

「いいんですか？」

半信半疑で尋ねながら、無意識に身を乗り出していた。

「レバーや計器類に触れなければ」

「もちろん触りません。写真を撮ってもいいですか」

「かまわんだろう」

扉を開けると砂嵐は止んでいたが、正午近くのすさまじい陽射しと熱さが押し寄せてくる。飲み物や穀物バーや身の回りのものを収めたバックパックを手に、寿美佳は博士の後を追い、焼けた階段を上がっていく。

「客が一緒か」

ドアを開けるとブロンドの男が、話しかけるでもなくつぶやいた。

「さきほどはありがとうございます」

博士から聞いた大量殺戮の話を思い出し、寿美佳はびくつきながら頭を下げた。

「無事に戻ってこられて良かった」

「ええ、あやうく砂漠の奥まで連れていかれてトラックと一緒に陽に焼かれるところでした」

ブロンドの男は博士の方を向き直る。

「まだトラックが動き出すという連絡は入っていない。しばらく稼働できないから、ここでのんびり過ごすといい」

そう告げると、軽やかな足取りで階段を下っていく。

昨日はこの場所を窓越しに眺めただけだった。内部に入り、そこが操縦席、あるいはコックピットと呼ぶには大きすぎる、むしろオペレーションルームと呼ぶにふさわしい「部屋」なのだと知った。広さにして畳八畳分は優にある。

部屋の三方は透明な樹脂板でビルの十階ほどの高さからあたりを見渡せる。

ジェット機の操縦席に似た椅子の前には、計器と四台のディスプレイが並んでいる。

「この手の掘削機械は二百年近くも昔からあるんだ」

博士は説明しながら、傍らの折りたたみ椅子を出して寿美佳に勧める。

「仕組みやサイズはさほど変わらないが、一番変わったのは動力源だ。遠い昔、石炭火力から作り出された電力で動いていたものが、再生エネルギーに替わり、この場所では太陽熱で作り出された電力が供給される」

しかし、と続けた。マイナーチェンジは数多く行われていると言う。

「操縦席も、昔の機械ではバケットホイールの脇についていた。そこでバケットの動きに目を凝らして掘っていたんだ。これは銅山でかつて使っていた古い機械だが、それでも操縦席の位置は機械の中央部のバケットホイールよりも高い位置に移動している。これのおかげさ」と四つあるうち正面の一番大型のディスプレイを指差す。

今は機械が止まっているので画面には何も映っていない。

稼働し始めるとバケットが鉱砂を削り取っていく様が至近距離映像で見られ、ホイールの位置を微妙に移動させていくことができるらしい。他の三つのディスプレイからは掘っていく場所の周辺映像が得られる。人やトラックなどを巻き上げる事故を防ぐためだ。他には背後の鉱砂溜めを上部から見た映像とともに、トラックへの積み込みの様子が確認できるものもある。

「つまり昔は、ただ土砂掘りバケツの操縦席に過ぎなかったが、今はこの巨大機械の管理を行う、中央制御室になった。かつてこれで銅を掘っていた時代には、五人の人間がここに入って操作していたが、今はほとんどのことはＡＩがやってくれる。おかげでここにいるのは一人でも何とかなる。とはいえ人間は必要だ。人間であるから生じる不都合もある」と背後を指差した。

広めのロッカーのような中折れ扉がある。手洗いだと言う。その脇には金属製のテーブルとやはり金属製の椅子、壁際に給水機もある。

「いちいち階段を下って休憩室まで行っている無駄を省いたものだ。何しろ、ここに入ったら八時間は出られない」

労働時間制度など、ここでは実体のないもののようだ。

「以前、あのブロンドともう一人、三人態勢で回していた。二十四時間三交替だ。緊急時には二人ないしは三人で対応することもある。ところが一人抜けて、二人で回さなければならなくなってしまった。たとえ八時間、機械を止めたにしてもなかなか危なっかしいことになっている。本社には人を寄越すように再三、頼んでいるのだが」

「あの東洋人の男性は？」

「彼は重機整備士であってオペレーターではない。定められた職種以外の仕事をすることは禁じられている。職能別労組の伝統で大昔から変わらない」

「抜けた一人とは、もしかすると、ここから脱走して命を落とした、というワーカーのことですか」

前から気になっていたことを尋ねた。

「トラックの荷台に乗って逃げようとして、太陽に焼かれて亡くなったという人ですか」

博士の灰色の眉がぴくりと動いた。

「どこかで聞いたのかね……」

「ええ、ここに来る前に、精錬所で働かされていたという日本人から聞きました。彼は無事に逃げられて日本に戻りましたが、その人は亡くなった、と」

「精錬所のワーカーが？」と博士はいぶかしげに目を細める。

「はい」

「若く有能な、韓国人女性だった」

「だれのことですか？」

意味がわからなかった。

「亡くなったここのオペレーターのことだよ」

「女性？　若い？」

博士が目を伏せてうなずく。

「ここで女性が働いていて、逃げ出して、トラックの荷台で亡くなった、というのですか？」

「ああ。痛ましい話だ」

驚きとともに厭な情景が脳裏に浮かぶ。

強制労働、男三人に若い東洋人女性が一人。

何が起きたのですか、と問いかけるのもおぞましい。

わかりやすい性暴力とは限らない。しかし死を覚悟した脱出を試みるほどに厭なことがあった……。

執拗なからかい、ストーキング、あるいは寿美佳自身が幾度も経験してきたミソジニー。だれかに相談しようにも同性のワーカーはいない。

「ある日、本社から連絡が入ってきたのだ。家族が娘を返せと言ってきた、と」

言葉を選ぶように、博士はぽつりぽつりと語り出した。

「大いなる誤解だ。返すも返さないもない。本人が希望すればすぐに帰りの足を手配する、と会社は答えたらしい。だが彼女は拒否した、ここを出ることを。すると拉致を疑ったのか父親と兄が彼女を取り返しにきた。遅かった。彼らが会社のオフィスに着いたと連絡があったその朝、彼女は我々が止めるのも聞かずに、鉱砂を積んだトラックの荷台にベルトコンベアから飛び降りた。何もできなかった。トラックは鉱砂と彼女を乗せて走り去った。そして精錬所にたどり着く前に、気温は六十度を超え、彼女は太陽に焼かれて死んだ」

「そこまでして家族と会いたくなかった……」

「まあ、そういうことになるかな」

「ここで何かが起きて、それを恥と考えて一人で抱え込んだということは？　家族に合わせる顔がない、と」

博士は意味不明という風に顔をしかめた。

「日本人にとっては、韓国人は同胞のようなもので理解の範囲内かもしれないが」

「韓国人は同胞じゃありません」

「それは失礼」と咳払いして博士は続けた。

「私の感覚からすれば、成人した娘を父親の所有物と見做して家族で管理する家庭環境は異常だ」

はっとした。彼女はここから逃げ出したのではなく、家族、父親と兄から逃げ出した、ということか。

「彼女は家族の手によって祖国に連れ戻されることを、死をもって拒絶したんだ。つまりここの方が、少なくとも彼女の祖国と家庭よりも自由だったのだろう」

「摂氏六十度にもなる砂漠の真ん中の、機械の中で暮らす自由を選択した、と？」

博士はうなずいた。

日本でも未だにそうした家父長制的家族主義がはびこっているし、一定の政治勢力を保っている。国にそこそこの経済力が備わり、平和と豊かさを享受できた時代に鳴りをひそめていたものが、不安定化した世界で、力と秩序を求める声の高まりとともに、息を吹き返してきたのだ。

あるいはネットでときおり発信される家族間の性暴力から、彼女は逃げ出してきたのかもしれない。それとも根強い儒教道徳の下で自立を阻まれた娘の決死の抵抗だったのか。

想像するだに痛ましい。

そのとき操縦席脇のコンピュータから鋭い通知音が聞こえた。

「六分後にトラックが到着します」

電子音声が告げた。

寿美佳は折りたたみ椅子から腰を浮かす。

「まだ早い」と言いながら、博士はおもむろにいくつかのボタンやスイッチを操作していく。

機械全体が振動する。つぎに唸りのような音が聞こえてきた。

「今度来るトラックにはエアコンが積んでないし、ドアも開かない。君が乗って帰るドラックが到着したら知らせが入る」とスピーカーを指差す。

眼下には、赤い砂漠に連なる砂山と、巨大な鉄の爪をつけたバケットをいくつもぶら下げて回転する遊園地の観覧車ほどの大きさのホイールが見える。

山の斜面を削り取るバケットから砂煙が上がる。中央のディスプレイに至近距離からの回転の様子が映り、博士はそれに目を凝らしながら、右手でジョイスティックに似たレバーや複数のスイッチを操作し、左手でカメラの角度を変え、ディスプレイの映し出す映像を確認していく。

何か恐ろしいような、しかし得体の知れない興奮を覚えながら、寿美佳は切り崩されていく砂山の斜面を見つめる。

数十分もした頃、スピーカーからパイプオルガンのリード管に似た警告音が聞こえてきた。身構えたそのとき、画面に「満杯」の文字が出た。

博士が右手でスイッチをいくつか切り替えると、慎重な手つきでレバーを操作する。

ホイールの回転のスピードが落ち、やがてぴたりと止まった。

「まだ順調にトラックが動いていないようだ。運べないので鉱砂溜めが一杯になっている。これ以上掘れない。しばらく休憩だ」

折りたたみのスチール椅子に腰掛け、博士は給水機の水をカップに汲むと「コーヒー？紅茶？」と尋ねた。

「紅茶」と答えると給水機の脇の棚から四角い箱を取り、茶色の粉末を水に入れる。

紅茶色をした合成香料の匂いのきつい液体をすすりながら、手渡されたあめ玉のようなものを口に入れる。舌の上に転がすとレモンよりも鋭い酸味と甘みが広がる。かすかな昆虫臭があった。

「蜂蜜キャンディー？」

「アリだ」と博士は言う。

「ここよりずっと海寄りの砂漠で、胴体に花の蜜を溜めるアリを養殖している。ここと違い、あのあたりにはまだアカシアの木があるからな。そのアリに酵素を食べさせた後、砂漠の日光の下で乾燥させる。すると胴体の蜜が固まりハードキャンディーができる」

「アリの胴体？」

考えると気味悪いが、蟻酸の味の利いた濃厚な甘さはこの上ない美味だった。

「このあたり一帯が不毛の地だと思っていたかね？」

「いえ……」

それまで電源が落とされたように暗かった端のディスプレイが、起動音とともに点灯した。

「トラックが来る。休憩は終わりだ」

博士はディスプレイに目をやったまま告げた。

「今回のトラックは扉が開く。エアコンも載せているそうだ」

事業所と連絡を取り、帰りの便を手配してくれた博士に礼を述べて立ち上がる。

「行くかね？」

博士は上目遣いに、寿美佳を見つめた。

「しばらくここに留まるという選択肢もあるが」

「行きます。お世話になりました」

「良かったら……」

博士がためらいながら続けた。

「自分の手で運転してみる気はないか？」

「運転？」

「これを」と博士は右掌を上に向けて、ぐるりと部屋中を指す。

この機械を操作してみないか、ということだ。

「ご冗談を」

笑いながら、バックパックを手にしてオペレーションルームを出る。

「まだだ」

博士が呼び止め、傍らにあった薄汚れた手袋を投げてくれた。

「素手であちこち触るとやけどする」

あらためて礼を言い、鉄製の階段を下りる。炎のような風が襲ってくる。

砂煙を上げてビル三階建てほどの高さのトラックがやってくるのが見えた。ここは何から何まで大きい。

無人トラックがいったん停まり、切り返しながら鉱砂溜めの漏斗の下にやってきた。

荷台を叩く砂の滝のような音とともに、ゆっくりトラックのドアがスライドする。

ふと振り返った。

巨大なホイールが回転している。

機械の最上部、目がくらむようなタワーの頂上から、何か点検を終えたらしく重機整備士の男が降りてくるのが目に入る。

それからトラックの方に視線を戻し、座席に上がる梯子に手をかける。

ステップを上りかけたとき、不意に迷いが生じて足が止まった。

私は何をしにここに来たのか。

そう、あの元記者を自称した老人のコメントだった。安直なネットライター、と侮蔑的な言葉を投げつけられた。天使の都でチャオプラヤー川を眺めながら、あたかも自らが動乱のアフガニスタンで取材しているかのような記事を日本に配信していた「腐ったジャーナリスト」から。

少なくとも自分はここまで来た。事前情報と違って、命がけの潜入など必要はなかったが。

なのに博士を説得することもできず手ぶらで帰る。自分に仕事を依頼した博士の妻からすれば、詐欺に遭ったようなものだ。高額な渡航費を払ったにもかかわらず、もたらされたのは、とうてい信用するに足らない博士の帰国拒否の言葉とタブレットに保存された動画と静止画像だけだ。

ここにしばらく留まるかね、という博士の問いを頭の中で反芻（はんすう）する。

このまま帰れば自分はチャンスをみすみす逃すことになる。

トラックの内部に目をやる。開いたドアから、アクセルもブレーキもギアもハンドルも何もなく、立方体のエアコンだけがぽつりと置かれた内部が見える。

安心すると同時に、野心が頭をもたげた。

あの帰国した元労働者の男の語った精錬所とは違うが、自分は今、同じ鉱山にある採掘場にいる。腰を据えて取材できる千載一遇のチャンスがここにある。

博士とほぼ一日行動をともにし、ブロンド男に命を救われた。しかもここには日本人がいる。おそらく日本で会ったあのウサギ男と同じ事情で連れてこられた人物に違いない。

その彼から何も話を聞いていない。

ガラスに囲まれた乗車スペースに足を踏み入れた。

心地よい冷風が携帯式エアコンから吹き出して顔に当たる。

このままこれに乗って地獄の暑さから逃れたいという気持ちを無理やりに引き剝がした。

再びステップに足を戻し、そろそろと後ろ向きに降りかけたとき、ドアはスライドしながら閉まった。焼けた地面に足を下ろすのと同時に、トラックの荷台になだれ落ちる砂の音が止み、無人トラックの巨大なタイヤがゆっくり動き出した。

行ってしまう。

博士の言葉を信じるなら、彼が本社に連絡すれば、またいつでも迎えに来てくれる。そのはずが、砂煙とともに小さくなっていくトラックを見送ったとき、なぜか自分もまたずっとここに留まるのではないかという、不安とも予感ともつかないものに捉えられた。

焼けた砂の上を歩き、再び機械の階段を上っていく。鉄の通路を歩きオペレーションルームまでは上がらず、休憩室に向かったそのとき、そこにある作業室の内部にあの東洋人がいた。

中央の作業台の上に長さ六十センチくらいのシリンダーとおぼしき金属を置いて、油のような液体で洗浄している。

ノックして中に入った。

「あの……」

声をかけると男はこちらを向いた。

「お邪魔してかまいませんか？」

顎をしゃくるようにして男はうなずき、すぐに視線をそらす。

「日本の方ですよね」

答えない。

「ここの鉱山の精錬所に騙して連れてこられたという人から話を聞きました。彼は何とか脱出に成功したけれど、この鉱山にはまだ日本から連れてこられて強制労働に従事させられている人々がいるということでしたが、あなたも同じようにして連れてこられたのですか」

男は興味がなさそうに「ふうん」と顎をしゃくって作業を続けている。

「日本に帰りたくありませんか。ご家族の許に」

男は答えず首を横に一度だけ振った。

「なぜ？」

男は答えない。

出て行けとは言われない。追い出すそぶりもない。だがこちらに背を向けた男の体が、鎧(よろい)を身につけたようにこわばっている。

執拗に何か尋ねれば、さらに強い拒絶に遭うだろう。

出て行かざるを得なかった。

熱い外気の中を歩き、休憩室に行き、手洗いを使った。

出てくるとあのブロンド男がいる。

「帰らなかったのか」

ブロンドは無愛想に尋ねた。

「はい」

「ここに留まってオペレーターをする気になったか」

表情が変わらないのでよくわからないが、からかわれているようだ。

「いえ」と答えると関心もなさそうにブロンド男は食堂の扉を開けて中に入る。

少し躊躇してから、寿美佳はその後について行き、椅子にかけた。

「コーヒー?」

「いえ」

男はサーバーから自分の分のコーヒーを注いで飲みながら、折りたたみ式のタブレットを広げ、読み始める。

「あの……」

タイミングを計りながら呼びかけた。

「ここのことを、少し聞いていいですか?」

「ここの何を?」

「私は」

名前を告げ、自分がネットニュースライターであることや、この鉱山の精錬所から逃げてきたという日本人から話を聞いて、実態を取材するために来たことを話す。

「なら、なぜ精錬所に行かずにここに来た？」

冷静な口調で、寿美佳が意図的に省いたことを尋ねてくる。

「お金です」

博士の救出の依頼を受けることで、着手金としてその妻から旅費を出してもらったと話した。

「失敗して帰るに帰れない、と」

「はい」

ここに来た以上、取材してから戻りたい、などという本音を伝える必要はないと判断した。

「博士のお話によれば、救出の必要はない、自分がその気になれば迎えに来てもらって、帰国できる、自分の意思でここに留まっている、ということでしたが、真実なのかどうか」

「何か脳内に埋め込まれて、ここから出ないように操られている、とでも？」

相変わらずにこりともせず、男はこちらをからかっている。

「まず」と男は前置きし、視線を寿美佳の目に合わせてきた。

氷の欠片のような淡い水色の目に感情の動きは見えない。

「博士も、あの日本人も、精錬所の労働者も、救出されることなど求めていないし、その必要もない。事業所に連絡すれば迎えの車が来る。エアコン付きで」

「でも、私がインタビューした限りでは……」

「精錬所で労働者の避難が必要なほどの事故が起きたという事実はない。少なくとも私がここにいる六年の間には」

一瞬言葉が出なかった。ウサギ男の話によれば、事故が起きたのは、今から二年前のことだ。

「たとえ逃げ出したとして、飛行機を乗り継ぎ日本まで帰る金は？」

「それは貴重品だけ持って逃げ出した、と」

「航空チケットを買えるだけの賃金が口座に振り込まれていた、ということだ」

大量殺人犯の外国人と、同胞の青年、常識からすればどちらを信用するかは言うまでもない。しかし口調や態度からしても、自分の命を救ってくれたことからしても、あのウサギのアバターを被った男より、目の前の金髪男の信用度の方が高いと感じられるのは、心情的にも自然なことだった。

「でも、そんな嘘をつく理由が彼にあるでしょうか。取材協力費が払われるわけでもないのに」

男はタブレットを操作して画面をこちらに向けた。

こぎれいなビジネスホテル風の部屋の写真と、そのベッドに腰掛けて親指を立てている十代と見える東洋系の少年の写真があった。

「ここに来る前に、適性と能力を調べるためにしばらく精錬所に配属されたことがある。そこで知り合ったワーカーと彼の住まいだ」

「この少年も日本から連れてこられたんですか」

「素性は知らない。ゲームが好きでいろいろなことを話してくれた。それ以外の話題はまったくないが、面白い少年だった」

食事の写真もある。博士たちが食べていたテレビディナー風のものではなく、トレイにいくつか器が載っており、一目ですさまじい量だとわかる。動物園の餌、とは量の話であって、メニューを見た限り、日本人の口に合うか否かは別として、少なくとも人間の食べ物ではある。

「裏も取らずに記事にする」というあの元新聞記者である老人のコメントは当たっていたのか。

「住空間は地下室だと聞きました」

こぎれいな部屋の写真を見下ろし、寿美佳は尋ねる。

「クーバーペディのことは知っているかね？」

「いえ」

「砂漠の真ん中のオパール鉱山の町だ。もともとはアボリジニが住んでいたが、二十世紀の初めにオパールが発見されてから一山当てたい白人が集まってきて、町ができた。航空機からは何も見えない。建造物も木々も何もないアウトバックの砂漠だ。すべては地下にある。焼ける地上を逃れ、人々は地下に潜った。坑道の延長に家を造り、店も教会も公共施設も備えた地下都市が出現した。このあたりで人間にとって快適な環境を求めるとすれば、唯一地面の下だ」

「でもずっと閉じ込められて、ちょっとした外出もできないとしたら」

「休日の外出は自由だし、迎えのバンも呼べば来る。といっても、せいぜい事業所とオフィスのあるあの小さな町に行くくらいだが。すべての人間が外出を好むとは限らない。柵の外に出ることを極端に怖れる者もいる。職業訓練を受けたにしても、すべての人間が特殊な技能を身につけられるわけではない。人間と顔をつきあわせてモノやサービスを売る仕事ができるわけではない。他のどこの世界でも生きられないような者にも、この鉱山は仕事とそこそこ快適な住環境と十分な食事が供給される」

「けれども私が会った人物は、ここでは非人道的な労働が行われている、と」

「その男に帰国後の境遇について尋ねたか？」

「いえ」

オーストラリアの鉱山で行われていること、悪質なブローカーによる斡旋に名を借りた自国民の売り飛ばしの話を聞いて前のめりになって、ウサギ男の現在については、脱出できて良かったという以外、何の関心も抱いていなかった。

「母国で、不満で不安な日を送っている可能性は？」

冷静な口調でブロンド男は畳みかけてくる。

「そんなことはありません」

反射的に答えた直後に、なぜ否定できるのだ、と自問した。

裏を取っていない。それどころか自分は情報元の男の素性について何も調べていなかった。

日本で会ったあの男は、饒舌だった。話すほどに口調は熱を帯び、ウサギのアバターは赤く半透明に輝き、その下の男の輪郭を浮かび上がらせていた。

「この事実を伝えてください、日本だけでなく世界に。まだあの場で苦しんでいる人々を救い出すために」

男は語った。生き生きとした口調で。引きこもりなど自称ではないかと疑いたくなるほど、熱弁を振るった。半透明な赤いウサギの顔を通して、男の目が輝いているのが感じられた。

「仮に嘘をついたのだとすれば、何のために？」

「君ならどうだ？」

寿美佳はかぶりを振った。考えられない。

「だれかに認められたいという気持ちは？　だれかに話して、ほう、と感心されたい、自分の言葉で人が心を動かされる様を見たいという気持ちはないか？」

そんな動機で作り話をしたと言うのか？

「私がまんまと騙された、とでも」

裏は取ったか？　裏は取ったか？　裏は取ったか？

あの元新聞記者の老人のコメントの文字が、しわがれ声に変換されて脳裏に苦々しくよみがえる。

「あなたもその気になればここを出て行けるのですか」

「もちろん」と男はうなずいた。

「ただし私の場合は行ける場所は二つだけだ。一つは愚者どもの巣窟、ニューサウスウェールズの刑務所。もう一つは墓だ。私は仮釈放なしの終身刑の身だ。君の国ならとうに死刑になっている」

博士から聞いたから知っている、と答えるわけにはいかないから、一応、驚いたふりをする。

「何をやったかは、聞いていると思うが」

驚いたふりは見破られた様子だ。

「殺人……」

大量、とまでは付けない。

「そう二六七八人。子供と妊婦も含めて」

「戦争犯罪ではない、と聞いています」

この男にごまかしはきかないと、観念した。

「彼らが国境を越え、海を渡ってこの国に来た原因を考えれば、戦争犯罪の範疇(はんちゅう)に入るかもしれない」

軽い口調で言うと、男は肩をすくめた。

「八年前の話だが、この国に難民が押し寄せた。治安上の理由もあって、政府は彼らを無制限に受け入れることはしなかった。結果、パース近郊に難民用の臨時収容施設を造ってそこに住まわせた。そんな折に施設内でフィロウイルスによる感染症が発生した」

「フィロウイルス……。エボラですか」

　戦慄を覚えた。

「いや、エボラ以上に危険な新型出血熱だ。治療法はなく感染して二週間後に発症、致死率はほぼ百パーセント。たとえ発症前であっても感染者が触れたすべてのものから感染する。ワクチンも治療薬もない。生物兵器起源が疑われる史上最凶のウイルスだ。できることは感染者の隔離のみ。最初の報告から二週間で施設内の難民のほとんどが発症し、内部の医療施設はとうに機能不全に陥っていた。そして議会は危険を承知で患者を外部の大学病院に移すことを決定した。だれもがわかっていた。どれほど厳密な安全対策を取ろうと、町と収容施設の間の扉が開かれて患者と医療従事者が往来を始めたら、病気が町全体にあっという間に広がることを。そしてウイルスは航空機に乗って国全体、さらには全世界に広がることも。さて君ならどんな行動を取る」

　無言でかぶりを振った。

　ゲームならいざ知らず、多数を救うために少数を犠牲にするという選択など、現実世界で生きている人間にできるはずはない。

「最後まで希望を捨てずに、できるかぎりのこと……」

白々しさに言葉が続かない。

政治家でも首長でもない自分に責任はない。人間として正しいことを口にして、事が起きたらライターとして政策責任者を非難すればいい。

「見殺しにすることはできない。相手も自分も人間であるならば。それが人の道徳だ。たとえ患者を見殺しにして施設に封じ込めたとしても、市中に広がることは免れない。必要物資の搬入搬出は止められないし、それ以前から施設からの逃走者が後を絶たなかったのだから。収容施設のある町に住んでいた私は自警団を組織した。監視カメラを使ってフェンスを乗り越えて逃げ出す者を狙撃し、逃走用のトンネルを見つけて破壊した。それでも彼らが収容施設から運び出され、救急車とヘリで、この国全土にある病院に搬送されていくことは決定しており、それはフィロウイルスが全土にばらまかれることを意味する。時間的余裕はなかった。ならばどんな行動を取るべきか。犠牲者数を予測してみれば即座に判断できる。

我々はメンバーが所有する車両整備場のガレージで手製のナパーム弾を作った。そして政府の組織した医療従事者たちが、そこの扉を開ける数十分前に、収容施設の門を釘付けにしてバリケードを築き、数十機のドローンを飛ばしナパーム弾を内部に投下した。絨毯(じゅうたん)爆撃だった。フェンスを乗り越えて逃げて来る者は銃撃した。一人も逃さなかった。子供を含めて収容者全員が焼死ないしは撃ち殺された。犠牲者の中には医療ボランティアとして、危険を承知で入っていた自国民や国際組織の人間もいた。結果、施設は焼け落ち、新型出血熱ウイルスは死滅し、我々はこうして生きている。町の人々の間で、その後、減刑運動が起きたと聞いているが、認められるわけがない。二六七八人の命と引き換えに、我々の町の住民二万八千人を救った。あるいはこの国の国民と国境を越えて感染したであろう全世界の人々を救った。そんな合理的な理由は決して受け入れられることはない。人間の心があれば」

腹の底が冷えてくる。天秤の片方に自国民少数を含めた二六七八人、もう片方に二万八千人の市民と、その後の感染で亡くなる可能性のある国民と世界中の人々。だからと言って少ない犠牲で済む方を冷静に選び、自ら手を下す。

どう判断したらいいのか寿美佳にはわからない。

「ヒトラーやスターリン、毛沢東(もうたくとう)とは桁が違うが、私は一切の政治権力も軍隊も持たないまま、自分の手で大量殺戮を行った。そういう男を君は目の前にしている」

しかもこの男に命を救われた。

「外科的処置を受けてここに来られたということですが」

「去勢手術のことか」とブロンド男は微笑んだ。

「本来刑務所に収監されるべき者を民間の作業所に移すに当たって必要な一連の手続きの一つに過ぎない。粗暴犯ならともかく私については無意味だ。別に男性器を切り取られたわけじゃない」

「そんなことは知っています」

我知らず早口になって答えていた。

「ここはそういうところ、刑務所の代わりのところなんですよね」

「私のケースではそうだが、他のケースについては知らない」

「自警団の仲間は？」

「いくつかの刑務所に分散して収監されたと聞いている。消息は知らされていない」

「こういうところにやってくる可能性は？」

「わからない」

憶測や願望で物を言う男ではない。

それ以上聞くのは諦め、食堂を出ると、寿美佳は手袋を着け、焼けた通路を歩いてその先の長い鉄製階段を上がっていく。

機械全体を震わす低いモーター音と金属音が、真昼の太陽のすさまじい明るさと熱気の中に響き渡る。

長さ三百メートルのアームの先でホイールが回り、取り付けられたバケットの爪が斜面を削り、一帯に砂煙が上がっている。

袖を鼻と口に当て、ざらざらした空気を吸い込まないようにしてオペレーションルーム室に急ぐ。

入り口のボタンを押すと、操縦席に座った博士がちらりとこちらに視線を向けてきた。ドアが開く。中に入ると、ひんやりした冷風が体を包み、生き返った気分になる。

「戻ってきたのか？」

片手でレバーを握り、モニターを凝視したまま、博士が尋ねた。

「はい」

「気が変わったか？」

「そんなところです」

「悪いが作業中は君の相手はできん」

「かまいません、ここで操作しているところを見られるだけで」

こんなところにまで入ったライターは、今までだれもいないはずだ。

「写真を撮ってもいいですか」

「かまわないが、会社に無断で掲載することは禁止されている」

寿美佳は操作室の中を歩き、二重ガラスの向こうの光景に見入る。
しばらくすると機械の音が変わった。
ホイールの回転が止まっているのがモニターで見える。
目を凝らすとアームがわずかに回転した後、ゆっくり上がっていくのがわかった。
音が消えた。
博士がこちらを振り返り手招きした。
操縦席から立ち上がり、寿美佳に座るように促す。
「え、そんな、いいんですか？」
「今、止まっている状態だ。ホイールを回転させるスイッチはそこだ」
言われるままに小さなプラスティックの突起を上に引き上げる。
モーター音とともに金属のきしむ音がして、やがてホイールがゆっくり回転し始める。
バケットの鉄の爪が残砂の山の斜面を削っている。
「回転のスピードをコントロールするレバーはこれだ」
左側にあるコントローラーのようなものを博士が指差す。
それを握ると寿美佳の手の上に、博士が自分の皺深い掌を重ねる。
前に倒すとホイールの回転速度がかすかに上がった。

右側にあるのはアームを動かすコントローラーだ。

前に倒すと上がり後ろに倒すと下がるほか、左右それぞれ横に動かすことができるが、そちらはまだ操作しない。

「おっと」

モニターに目を凝らし、博士は左側のレバーを後ろに倒す。

「砂の色が違うだろう」

赤い砂の中で、わずかに黒みを帯びた層がある。

「硬い層なのでスピードを落としてやる」

「はい」

かすかな金属音が聞こえる。

「右側のコントローラーを手前だ」

勢いよく引いてしまった。

甲高い警告音が鳴る。

博士が即座にコントローラーを元に戻す。

「落ち着いて、ゆっくりゆっくりだ」

そう。ゲームではないのだ。

斜面上部からわずかずつアームを下げ、バケットの幅の溝を切るようにして裾の方まで縦に掘っていく。

どれだけ経っただろう。

「いいだろう」と博士がホイールの回転を止めるように指示する。

右側のコントローラーを前に倒す。

斜面の溝の上をアームの先端に付いたホイールがゆっくり上がっていく。

上りきったところでコントローラーを右に倒すとアームもそちらに動く。

「ゆっくり、ゆっくり」と耳元で博士がささやく。

バケットの幅一つ分だけぴったり移動させると、再びホイールの回転をオンにする。

バケットの爪が新たな面を削り始める。

巨大な機械の上方にあるオペレーションルームから眺めても、アーム先端に取り付けられたホイールは大きい。観覧車の座席のようにホイールからぶら下がったバケットも回転していく。

ガラス越しの光景とモニターの中の至近距離の映像の双方を見ながら操作していると、何か得体の知れない高揚感が身体を貫いた。

ここは確かに機械の中だが、同時に世界の中心だ。世界の中心に自分がいる。

ああ、これだ、と思い出すものがあった。

大学の奨学金を返済するために入った清掃公社では、新入職員は男女の区別なく、一定期間は作業員と同じ仕事に従事させられた。

車に乗って町に出て、ゴミを集め、散らかった一帯の清掃をする。

辛く臭い重労働で、安定した収入を求めて就業した職員の大半はそこで辞めていったが、寿美佳は丸一年、耐えた。その後は、収集の現場から処分の現場に移った。

工場に運ばれてきたプラスティックを含む可燃ゴミは、車からビル十階分の深さのある巨大ピットに落とされる。

ピットの上部にある三方がガラス張りになった部屋、一日、日の光を見ることのないオペレーションルームが寿美佳の仕事場だった。そこで、こうしてコントローラーを握っていた。

クレーンの操作だった。ピット上部のバーを移動させ、クレーン先端にあるポリップ型バケットをゴミの上に下ろし、摑んで脇にある焼却炉に移動させる。

幼い頃、ゲームセンターにあったぬいぐるみを吊り上げるクレーンゲームになど興味はなかった。なのに地獄の穴のようなピットに直径三メートルを超えるバケットを下ろしてゴミを摑み、炉に移す作業には興奮した。

自分の手先の動きが増幅されて、大きな機械を移動させ、地獄の穴に下ろし、バケットを開き、大量のゴミを一気に摑み、持ち上げては燃えさかる炎の中に落としていく。

自分の身体がとてつもなく大きくなったような気がして、全能感が体を満たした。至福の時間だった。

だが、ほどなくその作業は自動化された。寿美佳は臭いなどまったくない、明るく清潔で無機質な制御室で勤務することになり、数人の同僚とモニターとボタンだけをにらんで一日を過ごすことになった。

昇格したような気がしたのは一瞬のことで、何とも言えない退屈さと憂鬱さに捉えられるようになった頃、奨学金を返し終え、公社を退職したのだった。

不意にブザーに似た音がぶつ切りに幾度か鳴り渡った。

「スピードを落とせ」

博士の声が飛んだ。神経に障る警告音に軽いパニックに陥った。一瞬どちらの手なのか、レバーをどちらに倒すのか迷った。博士の手が寿美佳の手ごと左手のレバーを摑んで後ろに倒した。警告音が鳴り止み、数秒置いてホイールの回転がゆっくりになる。

「人間というのは不思議なもので、順調に掘っていると無意識にスピードを上げているものなのだ」

「あのまま回転が速くなるとどうなるのですか」

「機械が壊れる。鉱物の残砂の山だからいかにもさらさらと削れそうに見えるが、実際は自重で固まって岩のように硬い」

寿美佳は神妙にうなずく。

「いっそ、一定スピードで常に掘っていくようにプログラムすればいいようなものですが」と左手のレバーに目をやる。

「上と下ではかかる圧力も違う、鉱砂の成分も均一ではない。そのためのプログラムは相当に面倒なものになるだろう。ならば慣れた人間の目がモニターを見ながらコントロールした方が簡単だ。不思議なことに人の知覚感覚は、とてつもなく複雑な要素を一瞬で把握して、適切に行動させる」

説明しながら博士は「ほら」と、メインディスプレイの隣にあるやや小さめの画面を指差す。バケットの爪が砂を掘る様が間近に見える。舞い上がる砂塵に画面を見ているだけでむせそうになる。

「砂の色が変わったぞ」

黒っぽい砂。硬い層なのでスピードを落とせ、と先ほど聞いた。ゆっくりレバーを手前に引く。

アームを上げる。

「そう、その調子」

アームを下げながら裾に向かい掘り進む。

下部に到達したところでスピードを落とし、いったん回転を止めてからアームを上げる。

再び上部に到達したところでアームを横にずらし、ホイールの回転をオンにする。

慣れてきた頃、警告音が鳴ると同時にバケットのあたりで火花が散るのが見えた。

慌ててホイールの回転を止めようとしたのを、博士が寿美佳の手を押さえつけて止め、回転スピードを落とす。

警告音は鳴り続けている。スピードを落としきったところで回転を止める。

「破損したな」

低い声で博士がつぶやいた。

「私、やっちゃいましたか？　どうして……」

「いや、事故のようなものだ。慣れてないと見落とす」

砂の中に大きな石が隠れていたらしい。

博士が机の上のインターカムを手に取り、だれかを呼び出す。

「バケットかホイールが破損したようだ、点検と修理、頼む」

即座に「今、向かっている」という声が聞こえた。

アームに取り付けられた狭い通路を、先端に向かって歩いていく人影が見えた。

あの重機整備士だ。

「私のせいで……」

「いや、あれが彼の仕事だ」

アームの先端まで行った彼が砂の斜面に降りた。

インターカムに「アームを上げ、ゆっくり逆回転させろ」という日本語が入ってきた。

重機整備士のものだ。ほぼ同時に英語に翻訳された。

博士が操縦席に座り、指示通りにアームを上げ、微妙な動きでレバーを操作しホイールを逆に回転させる。

何も削ることなく、バケットが動く。

「止めろ」

静止したバケットの中に入った重機整備士の姿が見えなくなった。

この陽射しと外気温で、鉄のバケットは焼けたフライパンのような状態だろう。

「大丈夫だ。耐熱服とシューズを履いている」

察したように博士が答える。

「本社の整備グループを呼ぶか?」

インターカムに向かい博士が尋ねる。

返事はない。

やがて整備士はバケットの中から出てきた。

「ホイールを回転させろ」

言われた通りに博士がレバーを操作した。

きしみながらホイールは空回りする。

「OK。爪が破損しただけだ。後で念のため点検するが、とりあえず爪の交換だけで大丈夫だろう」

さきほど会って話しかけたときとは別人のような歯切れの良い言葉が、自信に満ちた口調でインターカムを通して聞こえてくる。

「それじゃ頼む。必要な物があったら連絡をくれ」

通話を終えて、博士がこちらを振り返った。

「すみません」

あらためて謝罪したが、博士は不思議そうに眉を上げただけだ。

「彼の仕事が発生し、彼はそれを遂行する。それだけのことだ。ちなみに」と言いよどんでから続けた。

「ここで仕事をしている限り、彼は生きていられる。他の場所では生きられなくても、ここでは働き、生きる喜びも……おそらく享受している。いずれにしても爪の交換修理が終わるまで我々がやることはない」

「どこにいれば」

とまどいながら尋ねると、「夜まで寝ておくといい」と博士は居住区の方向を指差す。

「今夜も夜釣りに行くからな」

昨夜のあの味を思い出し、無意識に唾を飲み込んでいる。

オペレーションルームを出て博士と居住区のある階までの階段を降りていると、遥か下をミニカーのようなものが走っている。

「あれは？」

「整備士さ、バケットの爪を載せてアームの先端まで行く」

目を凝らせば、小型ではあるがトラックで荷台にはクレーンまでついている。

この掘削機械や鉱砂用ダンプトラックの巨大さにこちらのスケール感が狂ったらしい。

眼下を走るトラックが、おもちゃのように可愛らしく感じる。


その夜も、砂漠で釣りをした。

砂の上にウェーブを描いて横移動する蛇を仕留めたまでは昨日と同じだったが、餌にするためにその蛇を一寸刻みにしたのは寿美佳だった。

満天の星の下で、本物のコーヒーを飲みながらぷつりぷつりと蛇の体を切る作業は、冬の深夜にこたつで手芸をするようなくつろいだ気分を誘う。

そして昨日同様、伊勢エビほどに巨大で真っ黒なサソリがかかり、それを焼いて食べた。

「私が壊した機械を嫌な顔一つせず修理してくれた整備士さんにも食べてもらいたいけれど」とつぶやくと、博士が「彼はだめだ」と平坦な口調で答えた。

「アレルギーか何か？」

「いや、彼は食べ慣れたものしか口にしない」

「それは、そうね」

知らない土地の知らない調理法の料理や、馴染みのない香辛料が使われた料理は食べられないという人々はよくいるし、むしろそれが普通だ。昆虫やは虫類、ましてやサソリなどゲテモノの類いだ。

「彼はドローンで運ばれてくる決まったメニューしか食べない。他の容器でもいけない。ルーティンから逸れたものは受け付けない。ここの食事は、もともと彼のそうした指向に合っていたのだろう」

親類にも昔の職場の同僚にも、そんな融通の利かない人物がいたことを、寿美佳は思い出す。母親がどんなに苦労していろいろな物を食べさせようとしても、人工肉のスパムと粉末マッシュポテト以外の弁当は受け付けなかった従兄弟(いとこ)、三時になると判で押したようにさるメーカーのスナック菓子の小袋を一つ食べていたシステム担当の女。

そのとき鈍い軋(きし)み音が一帯を震わせた。

目を上げて息を呑んだ。

黄色じみたまばゆい光でイルミネーションされた城のような機械全体が、ゆっくり横にスライドし始めた。

「うそ……」

「不思議はなかろう、いつまでも同じ場所を掘っているわけにもいかん。アームの回転範囲も限られている」

「でもどうやって」

本体の重量が三万トンを超える機械だ。何より機械の下部にはタイヤはもちろん、キャタピラもレールも何もなかった。ただ、砂の上にそびえ立っていた。城のように。

「最先端の技術だ。世界でもここにしかない」

冷えた砂の層の下部に、昼のうちにため込んだ熱せられた空気を送り込み、水のような流れを作る。巨大な流砂が機械を流すように移動させると言う。初めて無人トラックに乗ってここにやってきたときに目を引いたこの機械の土台、反りの入った金属製の土台は、そのためのものだったのだろう。

翌日も博士についてオペレーションルームに入った。

長い腕の先端とその先の巨大なホイールを見下ろすだけで、胸が高鳴った。

ゲームセンターに入った子供が、「パパ、いい?」と尋ね、待ちきれずにコインを入れるように、寿美佳はメイン電源スイッチに指を置いている。

博士はじらすようにゆっくりと、計器類を点検する。

そして電源を入れる。

計器類のランプが点灯し、ホイールが回り始める。

操作手順は忘れてはいなかった。

レバーを操作する微妙な手加減にも少し慣れた。

後は斜面の様子から地層を判断し、昨日のような事故を事前に察知して、回避できるようにならなければ。

途中で博士が操作を替わり、寿美佳はオペレーションルーム内の掃除を始めた。

砂を被った金属机やロッカー、給水機などの上をハンディモップで拭い、ゴミ箱の周りに散らかっている食べ物の袋の切れ端を集めて中に突っ込み、洗面所の蛇口を磨く。

いろいろ体験させてもらった礼ではない。ここが自分の部屋のような気がしてきたのだ。

あの回転するホイールが自分の手で、鉱砂を掘る金属製の爪が自分の爪に感じられる。

ここにいる限り、自分の力を体感として捉えられる。

いや、巨大な何者かになれる。自分の脳がコントロールしているのは、リトルガールと呼ばれる小さく非力なこの肉体ではなく、昼にはすべてを焼きつくすような太陽、夜には白く煙(けぶ)るほどに星々をちりばめた空の下で、全長三百メートルの腕を伸ばし、岩のように硬い砂を削る巨神であるかのような気がしてくる。

巨神に仕える巫女(みこ)などではない。

この巨神の身体を支配しているのは自分だ。こいつは自分のコントロールの下で動いている。

昨日までの夢、細くて短いこの指でキーボードを打って、世界に真実を発信できるなど、何と抽象的で観念的な願いだったのだろう。

今、自分の身体が、能力が、拡張していく。レバーを握っているこの手が伝えてくるのは、身体に直結する全能感だった。

ここに居る限り、自分のタブレットは死んだも同然だ。

折りたたみ式の、掌二つ分くらいのものの通信機能が使えないと、手足をもがれ、暗闇に放り出されたような無力感と焦りに襲われたものだった。ほんの少し前まで、そんなものを世界に通じる窓、いや、世界そのものと捉えていた。

しかし今、ワープロとカメラとデータ保存の機能しかなくなった、つるつるした板に、不自由を感じることはない。

砂煙を上げるホイールの回転を、掌に感じてコントロールするうちに、自分が生まれ、育ち、生きていた世界が、小さくしなびた白色矮星(はくしょくわいせい)となって遠ざかっていく。


月日の経つのを、いつの間にか計器の隅に表示される数字ではなく、星空の一隅を照らす月の満ち欠けで測るようになった。

一ヵ月が過ぎても博士は寿美佳が機械を操作している間は、決してオペレーションルームを離れなかった。

車の運転のようなもの、と考えていたが、相手は積み上げられて長い年月の経った鉱砂の山であり、そこに何が混じっているか、あるいは何が棲み着いているか、わからない。気候変動はますます激しくなっているから、思いも寄らぬ天候に翻弄(ほんろう)されることもある。

うっかり気を抜いた隙に、整備士の使っているクレーントラックをバケットですくい上げてしまったこともある。だれも乗っていなかったから良かったようなものの、もし整備士が中にいたら大変なことになっていた。

そしてときおり、水と空調設備の点検や上下水道のパイプ清掃を行うロボットを積んだ無人トラックがやってくる。

規則正しく平和な生活が、機械の中で営まれていた。

そんなある日の夕刻、地響きを立てて東の方向から何かがやってきた。

列車のように長いトレーラーの車列と巨大なクレーンを積んだトラック、遮熱冷房スーツを着用した作業員を満載した大型バスだ。

「移動の季節が来た」

オペレーションルームから、久々の来訪者の姿を見下ろしていた寿美佳に、博士がつぶやくように言った。

「移動の季節？」

「そう、ここの山の鉱砂の層は掘り尽くした。まだ残っているが含有量が少なくてコスト的に引き合わないと判断すると隣の山に移る」

「隣って？」

かつての銅鉱山の残土の山は他にもあるらしいが、砂漠の起伏のどれがそれに当たるのか寿美佳にはわからない。

博士もわからないと言う。

「流砂に乗ってどこかに行くの？」

「それは無理だろう」と博士は笑った。

「大海原を行く巨大タンカーでも想像したのかね」

空気と温度差によって砂を流して機械を移動させるのは、ホイールの当たる斜面から斜面への五十メートルがせいぜいで、山から山への長距離移動は不可能らしい。

「では、どうやって？」

「分解してトレーラーで運び、また組み立てる」

そんなことができるのかと驚いている寿美佳に、博士は素っ気なく付け加えた。

「そんなことをしているのはここだけかもしれないが」

もう少し小型の機械なら、土台部分にタイヤが付いていて、時速十キロほどで自走できるし、レールの上を列車のように移動するタイプもある。しかしここの掘削機は巨大過ぎて、そのまま動かすことは不可能なのだと言う。

ホイールはすでに停止している。ほどなくすべての電源が切れるだろう。

「帰るかね。そろそろ母国が恋しくなった頃だろう」

「いえ」

ここに来ていったい何日になるのか。

自分が住んでいた日本の公営単身住宅、老朽化して外壁が真っ黒になった築九十年の建物に待っている者はいない。ハムスターやインコさえ飼ったことはなかった。

雨漏りや結露で内部はかなり傷んでいるはずだ。パソコンや、少ない収入の中から買い集めた、今時めずらしい紙の本のページも湿気にやられて波打ち、朽ち始めていることだろう。

それでも格別、気にならない。もともと料理を楽しんだり、室内を整えることに凝ったりする感性などなかった。

いずれ茶色に変色し、ページが固まってしまうであろう本のことが惜しまれるだけだ。

ここの生活の単調さと規則正しさが性に合っていたのだ。ここにいる限り、不思議と退屈しない。

博士に促され、オペレーションルームを出て階段を降りる。

「やあ、どうも」

作業着の人々に博士が片手を上げた。

「元気？」と彼らも片手を上げる。

「そのリトルガールは？」

責任者とおぼしき男が尋ねた。

「訓練生だ。そのうち会社に報告して、我々の仲間として正式に仕事についてもらうつもりだ」

いつか博士が言っていた、一人抜けたオペレーターの代わりという言葉は実現しつつある。

「では、日没後から作業が始まるんでよろしく」

そう言い残し、男は作業員たちを引き連れ階段を上っていく。

「あたしたちが終わるまで、町に遊びに行ってくるのかい？」

最後尾の女性作業員が博士と寿美佳に向かい尋ねた。

「さあね、まだ決めてない」

博士は答えて、寿美佳の方を振り返った。

「君はどうする？　連絡すれば車が迎えにくる。無人トラックではなく、ドライバー付きのワゴン車だ」

寿美佳もまた決めかねている。

来る途中に車窓から眺めた町に、格別、興味をそそられるものはなかった。気分転換の必要性も感じていない。

ひとまずシャワーを浴びようと休憩室に入ると、重機整備士が青い顔でうつむいている。

「どうしたのですか？　ご気分でも」

寿美佳が声をかけたが、整備士はさらに表情を硬くした。

「いつものことだ」

博士はそちらを一瞥しただけで、先にシャワーを使うように促す。

シャワールームから出てくると整備士の姿はすでにない。

「自室に引き上げた。彼はこういうのに弱いんだ」と博士は窓の外の通路を安全ベストを身につけて行き交う人々を指差す。

知らない人間がたくさんやってくることがそれほど嫌なのか、と寿美佳は首を傾げる。

いつものドローンが食事を運んできて、いつもの夕食が始まる。

青い夕闇があたりを包み、またたく間に窓の外に漆黒の闇が降りてくる。

東の空に星がまたたき始める頃、寿美佳は釣り竿を手にした博士とともに休憩室を出る。

次の瞬間、それまで機械の各所で明るい光を放っていた照明が一斉に消えた。

圧倒的な闇が迫ってきたが、それもつかの間のことで、すぐに暗順応した目に、西の空にわずかに残っている深い青色と天空の星々のきらめきが見えてきた。

「彼らの作業開始だ」

博士が言う。

昼間の炎天下で長時間の屋外作業は危険を伴うため、解体作業はこの時刻から明日の早朝まで行われるらしい。

数分後には、真っ白な作業用ライトがぼんやりと機械の一部を照らし出した。

工事用機械のうなりや耳をつんざくような金属音が聞こえてくる。

建設作業のほとんどの工程は機械化されているイメージを寿美佳は持っていたが、この掘削機のような巨大ではあっても精密な機械の解体や組み立てでは、部位の隙間に電動工具が入らない。そのために人間が身を滑り込ませて手作業でボルトを緩めたり、部品を外したりするのだ。大勢の作業員がやってきたのはそうした理由だった。

複数の作業員が、城のような機械に取り付き、耳にインターカムを差し込んで、連携しながらビスを緩めたり、クレーンを操作したりする。

居住区にある寿美佳たちの部屋は、真っ先に機械から外され、別の場所に運ばれるそうなので、自室には戻れない。

「少し離れていよう。邪魔になる」

博士に促され、自室がどこかに設置されるまでの間、ルーティンである釣りに出かける。

この日は新月で、機械を照らしている作業用ライトの淡い光だけが頼りだ。

蛇はおらず、どこからかやってきた飛びバッタのようなものを大量に捕まえた。

それを針の先に付けて、大サソリが潜んでいそうな窪みに投げていると、星明かりの下に座り込んでいる二つの影が見えた。

「どうやら無事だったようだな」

博士が一人、うなずいた。

「無事って？」

「整備士が機械から逃げ出すのだ。この季節になると」

「夜の砂漠にですか？」

「大勢の見知らぬ者がやってきて、彼を自室から追い出し、彼の城の中を勝手に歩き回るのに耐えられない」

「命に関わるじゃないですか。窪地とかに入ったら機械の灯りも見えなくなるし」

「ブロンドが追っていって捕まえる。毎度のことさ」と二つの影を指差す。

「暗闇で探すのはたいへんでしょう」

「彼は夜目が利く。あの薄い色の目のせいかな」

再び、逃げられないようにだろうか、ブロンドは整備士の肩に片腕をかけている。世界の人々を救うために、二六七八人の人間を自らの手で殺した男。合理的に判断して冷静に大量殺人のできる男が、同僚の肩を抱いている。

奇妙な、背筋が寒くなるようなシルエットだ。

この日は釣り針に二匹のサソリがかかった。それを蓄熱コンロで焼いたものを一匹ぶらさげて、博士は二人の男のシルエットに近づいていく。

ほどなく手ぶらで戻ってきた博士に、寿美佳は様子を尋ねた。

「まあまあ落ち着いているようだ。ブロンドがシリアルに染みこませた安定剤を飲ませた」

寿美佳のときもそうだが、過去の冷酷極まる大量殺人にもかかわらず、窮地に陥った人を見捨てずに助けるという責任感や誠実さを持ち合わせているのか。それともそれを可能にする外科的処置を施されているのか。

「持っていったサソリは？」

「ブロンドが食べたよ」

サソリの硬いハサミを歯で割って殻を取り除きながら、寿美佳は尋ねる。

「彼もこんなものを食べるんだ……」

「ああ、彼は何でも食べる。命を繋ぐためなら。必要とあれば蛇でも飛びバッタでも蟻の幼虫でも、それなりに処理して生き延びる術を持っている」

博士のポケットに入っていた通信機が通知音を発した。

耳に当て、だれかとやりとりしていたが、すぐに切ると寿美佳に「部屋が用意されたようだ」と告げた。

ブロンドや整備士にも同じ連絡があったのだろう。星空を背景にした二つの影が立ち上がるのが見えた。

そこから五分ほど砂の丘を上り下りして行くと、小さなアパートのような四角い車両がLEDライトに照らされてあった。

作業員たちの休憩所で、トレーラーで引っ張ってきたキャンピングカーだ。真昼の強い陽射しを遮り、太陽光と太陽熱を利用するために、黒い蓄熱蓄光パネルが外壁や屋根から三十センチほど離して設置されている。

そこからわずかに離れた場所に、見慣れた四角い建物がある。機械から取り外され、クレーンで下ろされた居住区だ。そちらの方は上部のみパネルで覆われていた。

休憩室も同様に機械から下ろされたが、給排水や電気設備が外されているので、移動が完了するまで寿美佳たちは、食事やシャワーはキャンピングカーの作業員用休憩所を使うことになる。

ほどなくブロンドと整備士が現れ、ブロンドが居住区の一部屋のドアを開け、整備士を中に押し込む。

「あの人……」

「大丈夫だ、自室に戻れば何とかなる。それまでブロンドと私が見張る」

そう言うと博士は整備士の部屋のドアに磁石のようなもので何かを貼り付けた。

「センサーだよ。ドアが開いたら我々のタブレットが警告音を鳴らす」

「なぜ彼は……」

「見知らぬ複数の人々、形を変えていく環境、彼にとってはすべてが耐えがたいものなのだ。自分ではそのばかばかしさをわかっているのかもしれない。しかし意志の力ではどうにもならない」

彼が日本から連れてこられる以前、どんな風に生活していたのか、家族や親族、友人たちにどんな扱いを受けたのか、何となく想像できた。

家族、学校と医療機関、そして支援組織の人々からどのような扱いを受け、どのような思いやり深い暴力にさらされたのか、その挙動から透けて見えた。

絶望の中で家族がそれを最後の手段としてすがったのか、それとも彼が自分を取り巻くすべてのものから逃れるために選択したのか、彼は斡旋業者に「騙されて」連れてこられた。そしてこの非人間的環境の中でこそ自分が人間らしく生きられることを発見したのかもしれない。

翌朝、作業員用休憩所内の食堂からブロンドが一人分の食事をトレイに載せて、整備士の部屋に届けるのを見た。

自室を一歩出れば見える景色が変わる。整備士にとって、それは得体の知れない魔物がうごめき、自分の首筋に腕を伸ばしてくる恐ろしい環境に映るのだろう。そんなところを歩いて食堂までは行きつけない。

それでも居住区の自室に入り、窓を閉じ、見慣れた壁や自分の荷物に囲まれている限りは、安心して物も食べられるようだ。

「窓から見える景色が変わってしまったのは、どうしようもないですね」

寿美佳はため息を漏らす。

「心配には及ばない。ブロンドが昨夜のうちに三次元パネルをはめちまった。機械の上から見えるのと同じ景色が映し出せるやつを。どのみち摂氏六十度の砂漠の中で、居住区の窓は開かない」

大量殺人鬼のはずのブロンドの、整備士に対する心遣いは、友情を超えて献身に近い。冷淡を装っているが内心、自分の罪を悔いて生まれ変わろうとしているのだろうか。

寿美佳たちは食堂に入ったが、作業員たちの姿はない。陽射しが強さを増し、気温が急激に上昇していく中、解体チームの人々が赤色の砂埃を払いながらバスに乗り込んでいく姿が見えた。これから四時間近くかけて町に戻り、そこで朝食を取って眠りにつくらしい。

「あの人たちは町に住んでいるの？」

「いろいろさ」

素っ気なく博士は答えた。

「町に自宅を構えて家族と住んでいる者もいるし、精錬所地下の作業員宿舎にいて週末だけ自宅に戻る者もいる」

説明しながら給湯器からカップに注いだ湯に粉末紅茶を入れてかき回し、寿美佳に手渡す。

礼を言って、寿美佳は昨夜のうちにドローンが配達したドッグフードに似た朝食用シリアルのパックを開き、添えられた液体をかける。

「今日は贅沢だな」と博士が液体の容器を確認して、自分のシリアルにかける。

「いつもは大豆製の人工乳なのだが、今日はロングライフミルクだ」

この国の沿岸地域に広がっていた見渡す限りの放牧地は、気候変動の影響で今は失われ、乳製品は高級品になった。ここに限らずどこの国でも。

朝食を終えて一眠りするとやることがない。

太陽に焼かれた機械は、居住区もホイールのバケットも外された形でそこにある。

まだ残っているオペレーションルームを見上げて、寿美佳はひどく物憂い感じにとらわれる。外は危険な暑さなので居場所は、狭い自室と作業員用休憩所だけだ。

「一緒に町に行くかね」

鉱山地区で働く人々は、月に一度の健康診断が義務づけられているという。そのついでに、ちょっとした買い物くらいはできるらしい。

ほどなく無人運転のバンがやってきて、二人は乗り込む。

「あの人たちは？」

ブロンドと整備士は来ない。

「ブロンドはここから出ることは禁じられている。たとえ急病であってもだ。危険人物と見做されており、何をされるかわからないので医師は診ない。代わりに医療用ロボットが派遣されてきて、ＡＩの指示に従って必要な処置をする」

「そんな……」

犯した罪を考えれば怖れられて当然だが、少なくとも寿美佳がここに来てから見た限り、彼には罪をあがなおうとでもするような献身的行動ばかりが見える。

整備士の方は外出は自由だが、ここを出ることを拒絶する。

「実のところ、私も町のクリニックに行く必要はない。必要な検査はここでできる。検査キットはドローンが運んでくれる。結果はＡＩが伝える。町のクリニックに行っても患者に対応するのは医者だが、判断するのはほとんどＡＩだ」

「それでも町に行かれるのは、何か楽しみでも」

博士は小さく笑った後に、「人間の医者と直接、面談をする必要が生じた」と答えた。

どんな必要なのか語らなかったし、身体のことについてそれ以上尋ねるのも非礼な気がして、寿美佳もただうなずいただけだった。

バンは居住区の前を出発し、赤い大地を進んでいく。

今回は精錬所も、発電所も経由せず、ひたすらに町を目指す。

四時間近く乗った後、ごく小さな空港の脇を通り過ぎ、鉱山会社の社屋の前で止まった。

来るときにも見たが、町とは言っても鉱山会社のビルと倉庫や工場のようなものしかない。その一帯を外れると、地面から所々円筒形の柱のようなものが飛び出しているだけの荒涼とした風景が広がっている。

博士の後について、社屋脇にあるごく小さな建物に入る。小さいはずでそこはただのエレベーターホールだった。

下降するエレベーターに乗って降りた場所は、心地良い陽光が射し込み快適な風の吹き渡る大空間になっていた。

「町だよ。狭いが、店もリフレッシュスペースもある」

水が噴き上がるのではなく湧き水を模したアラブ風の噴水が広場の中央にあって、水路が延びている。天井の照明は、光ファイバーで引き込んだ太陽光であることが、その柔らかく爽やかな白い色からわかった。

屋外空間を模したその場所を、商店やクリニックなどが取り巻いている。ヨーロッパの村の造りに似ているが、中心部に教会はない。

ここを行き交う人々の中に明らかな東洋系や布で髪を覆った女性たちが交じっていることから、町の中心部に特定の宗教の施設を置くことを避けたのがうかがわれる。

代わりにあちらこちらに、人が十人も入れば一杯になってしまいそうな、しかも座らないと頭がつかえそうな小さな礼拝堂やモスク、寺院が造られ、あるものは派手にイルミネーションされ、あるものは樹脂の彫刻に囲まれ、あるものは蛍光色の幾何学模様の壁の上に金色の半球屋根が載っている。

女性労働者も多いらしく、化粧小物やスイーツを置いた店もあった。

町外れには学校があって、十人足らずの子供たちが端末の前で授業を受けている様が、ガラス越しに見える。

ここに家族で住む労働者は限られ、ホワイトカラーの子供たちは、こうした町中の学校には来ないそうで、その規模はごく小さい。運動場の代わりにジムのようなマシーンが置かれた部屋も見えた。

クリニックに行く博士とはそこで別れた後、寿美佳は、学校の脇に設置されたインターネットブースに入る。

テーブル上にコンピュータが置かれ、クレジットカードと身分カードをかざせば、有料で利用できる。

軍の基地同様に、国にとっては機密性の高い施設が鉱山地区には多いから、市販の端末での情報のやりとりもインターネットへのアクセスも制限されているので、一般の労働者たちは、必要なときはこんなところで外の世界に触れるのかもしれない。

寿美佳自身は、情報に対しての飢餓感は不思議なほどなかったが、そうした施設を見かけたとたんに、それが義務であるかのように、ブースの椅子に腰掛け自分のタブレットをインターネットに接続した。

おびただしい数のメッセージが入っている。ほとんどが営業メールであることに、あらためて自分がどんな世界に住んでいたのか思い知らされる。

大量のニュースも入っている。有料配信される新しいドラマについて、俳優と人気動画制作者のあれやこれや、テロと通り魔事件と政治家の失言問題……。

映像と音と文字が、画面から津波のように押し寄せてきて、混乱の中で立ち往生した。

少し落ち着いた後、その津波のように押し寄せてきたものが、黒い水ではなく、大量のゴミであることを知る。少し前なら、寿美佳自身が興味を持って検索したり、注文したりした物に関連する情報の津波、それがすべてゴミであることに気づく。

一分足らずで強い疲労感を覚え、画面を閉じてブースを出た。

噴水を回り込み、小物や日用品を扱っている店に入る。

狭い空間を彩る様々な色ときらめきが目に飛び込んでくる。

ミラーボールのようにあたりに光をまき散らすピアス、虹色に発色する口紅、ずだ袋に穴を開けただけのようなデザインのドレス。

寿美佳が日本を出発する前と、また流行が変わっている。

必要なものはドローンで配達されるから、欲しいものはない。

光と色で物欲が喚起される代わりに、疲労感と虚無感が体の内側から広がってくる。

寿美佳はそこの棚に置かれた、清涼飲料水を買った。鮮やかな紫色の液体の入ったボトルを振ると、底から金色の粉が舞い上がり、LEDライトを受けてきらきらと光る。ドローンが運んでは来ないそんな華やかな飲み物を、水路脇に腰掛けて飲む。人工甘味料と酸味料、着香料の合わさったわかりやすいおいしさと爽やかさが、口の中に弾け喉を滑り降りていく。

ふと水路を見下ろして瞬きした。長さ二十センチほどのやけに頭の大きな黒っぽい魚がくねくねと体をうねらせて泳いでいる。

驚いて立ち上がり、彼らがどこから来るのか、と水が流れてくるモールの奥へと進む。ファンシーショップのような店を回り込むと、水路はごく浅いプールになっていて、休憩中のワーカーとおぼしき、年齢も人種も様々な男女五人が、釣り糸を垂れている。

砂漠の地下の釣り堀だ。薄紫色の花をつけたホテイアオイの浮かぶ水面から、髭を生やし大きな頭をした黒い魚が、ゆるゆると泳いでいる様が見える。

不意に悲鳴のような甲高い声が聞こえた。女の釣り糸の先で、泥色をした魚が身をくねらせながら宙を躍り、他の釣り人やギャラリーが歓声を上げ拍手している。

水色のポロシャツ姿のスタッフが駆け寄り、分厚いゴム手袋をした手で魚を釣り針から外し、傍らの箱に入れた。

　女性客は突き当たりのカウンターに行き、満足げに支払いを済ませている。

　レジに打ち出された金額に目を凝らす。一般のワーカーの一ヵ月分くらいの給与額か。

　東洋系の女の服装は何の変哲もないパンツスーツだが、高給取りのオフィスワーカーらしく、よく見るとその生地に不自然な照りがない。他の男女も、格別凝ってはいないが、品質の良さそうな衣服を身につけているところを見ると、砂漠の釣りは富裕層の娯楽らしい。

「あの魚、どうするの?」

　女性スタッフに尋ねると、観賞用に自宅で飼うか食べるかだ、と言う。

　カウンター脇にプラスティック製の釣り竿がいくつも立てかけられている。

　博士がロブスター釣りに使っていたものだ。レンタルのようだが、買い取りの値段を尋ねてみる。

　スタッフは怪訝な顔をした。

「何に使うの?　魚がいるところなどここ以外、どこにもないよ。飛行機に乗って海のそばまで行けば別だけど」

「砂漠で」と答えると、相手は肩をすくめ、「おもちゃにするなら、これで十分だろう」と奥から古びた釣り竿を手に出てきた。

「ちょうど交換して、リサイクルに出そうと思っていたところさ」

あの女性客が支払っていた額からしてかなり高額だろう、と予想していたが、糸や針を数本つけても、先ほど見た虹色に発色するリップスティック二本分程度だった。

光ファイバーで引き込まれたほどよい明るさの陽だまりの下で、買ったばかりの釣り竿の感触を確かめていると、博士が戻ってきた。

「やあ、自分のを手に入れたね」と笑う。

「ところでどうでした？　健康診断は。何か問題は」

「いや、何も」

不自然なほどきっぱりした口調で答えが返ってきた。

「何も？」

「ああ。何もない」

素っ気なく言った博士は目も合わせずに、地下の車寄せに向かう。送迎用のバンはそちらで待っていた。

車に乗り込み、地上に出る。振り返れば砂漠の惑星のような赤い大地が広がっているだけだ。地面の下の町の賑わいの余韻が、幻のように瞼の裏や耳の奥に残っている。

「買ったのは釣り竿だけかね」

寿美佳のバックパックに目をやり博士が尋ねる。

「他に必要な物もなかったので」

博士は微笑んだ。

「我々が相手では、若い娘でも着飾る気もおきまい」

「いえ、そういうことでは……」

居住スペースに到着したとき、日は暮れかけていたが、足元の砂からはまだまだ熱気が吹き上がってくる時間帯だった。逃れるように室内に入り施錠した後、ベッドに潜り込みエアコンから吹き出す心地良い風の下でうたた寝した。

目覚めたのは作業員たちが働き始めた夜だ。

夕食を取った後、この日は作業員の小型トラックを借りて、博士と少し遠くまで出かけた。夜釣りのつもりで買ったばかりの竿を手にしたが、それはいらない、と博士が言うので部屋に置いてきた。

久々に運転席の付いた車で、博士がハンドルを握るが、自動運転機能がついており、ナビゲーターの画面に表示された地図にタッチすると、車が勝手にそちらに向けて走り出す。

月明かりの下、緩やかに起伏する大地を五分ほど走ったところで車は止まった。

モーターのスイッチをオフにして降りる。

夜間なので色まではわからないが、砂の色が薄い。白っぽい砂の大地に灌木（かんぼく）が数本生えていて、青白い月明かりが砂の上に複雑な形の影を刻んでいる。

植物らしきものをここに来てから初めて目にする。

近づこうとすると博士に止められた。

「手を出してはいけない。棘（とげ）だらけだ」

灌木に葉はついておらず無数の棘で覆われていた。しかし棘の間には、米粒ほどの花とも実とも判別できないものがついている。

博士はその付近に目を凝らし、車に積んできた小型の充電式ドリルを手にする。

先端を硬い地面に突き立てる。けたたましい音と振動がして、すぐに地面に穴が開いた。いくつか穴を開けていくと、その一つから蟻が出てきた。

「よしよし、当たった」と博士はポケットから小型スプレーを取り出したと思うと、自分の体に吹きかけた。そしてやはり車に積んであるスコップをその穴に突き立てる。

岩のような硬い地面を掘ると、ざわざわと蟻が出てきて、寿美佳は飛び退いた。

「向こうで待ってろ」

スプレーの中身は虫除けだったらしい。

やがて手を止めた博士は、深さ六十センチほどの穴の底から何かを摑み出した。

ソフトボールほどの塊を寿美佳に向かって投げてよこす。

両手で受け止める。魚卵の塊のようなものだ。

「終わりだ」

言われるままに、蟻の巣から離れたひんやりした土の上に座る。

「これは？」と魚卵の塊のようなものを手に尋ねる。

「食べてごらん」

「キャビア？　陸の」

もちろんキャビアなど食べたことはないが、話には聞いている。

「食べてみればわかる」

口に入れると、小さな粒がぷつぷつと歯の間で潰れ、甘く、やや酸っぱく、独特のこくのある味が舌の上に広がった。

「あれの実さ」と博士は灌木を指差す。

「もともとはただの薄ら甘くて苦い実だ。しかし蟻が棘だらけの枝から収穫して巣に運んでしばらくすると、えもいわれぬ風味に変わる。菌類を飼っていて発酵させるのさ」

「蟻が？」

「そう、蟻が、だ。菌類も生の木の実から養分を得る。Win-Winの関係さ」

「それを私が収奪している」

「ああ。人間とはそういうものだ」

「ここのあらゆることを知っているのですね」

寿美佳が感心していると博士はうっすらと笑った。

「今日、クリニックで会った先住民のばあさんから教えてもらったのさ。ここは鉱山会社が昔、彼らから買った土地だ。年寄りはここに彼らの村があって、ここで暮らしていた時代のことを覚えている。数十年前のことで、こんなに過酷な気候ではなかったから、まだ棘の木もたくさん茂っていたし、草もあった。地ネズミもいたし、アカカンガルーもいたそうだ」

「気候変動が進んで、一帯は死んだ土地になった……」

「我々は、科学と工学の力を借りて、そこに適応した」

「ここを出て行った先住民の方々は？」

「大陸のあちこちに散っていったが、やはり鉱山会社の施設で働いている者が多い。アルコールや薬や浪費で身を持ち崩した者ももちろんいるが、大半は普通に結婚して会社の提供した住まいで安定した暮らしを営んでいる。欧米、アジア、アフリカ、いろいろなところからやってくる労働者と結婚してしまったから、若い世代は顔を見ただけでは、だれが先住民かなどわからないし、そもそも先住民の意識もない」

「帰属意識は？」

寿美佳が尋ねると、「鉱山会社の労働者としてのものだ。民族も国籍も関係なく」と博士は答えた。

居住区まで戻ると、白い照明に照らされた掘削機は小さくなっていた。アームとその先についていた巨大なホイールが取り外されたのだ。

一仕事終えた作業員たちが、キャンピングカーの休憩所の周りで、コーヒーカップとワッフルを手に一服している。

翌日、機械はさらに小さくなった。ベルトコンベアや漏斗などの鉱石運搬用の装置が外され、四日後には巨大な船のマストのように屹立していたクレーンも外された。

それらは少しずつどこかに運ばれて行き、十日後には何もなくなった。

巨大なビルが解体され、更地になったように、巨大な機械は消えた。

残されたものは機械の歯形の付いた大地だけだ。

そしてその日が来た。

「引っ越しの時間だ」

ブロンドが博士と寿美佳の部屋のドアを叩いた。

機械だけでなく人間も新たな土地に移ることになった。

寿美佳たちはいったん居住区から出て、会社が用意したバンで新しい土地に移動し、彼らの部屋はトレーラーに載せられて運ばれ、すでに別の土地に組み上がった機械に部品の一つとしてはめ込まれる。

しかしその移動に耐えられない者もいる。

ブロンドにノックされて、部屋から顔を出した整備士はこれから何が起きるのかわかっているらしい。むくんだのか、太ったのかわからない、膨らんだ蒼白(そうはく)の顔を左右に震わせると、すぐにドアを閉めた。

寿美佳が戸惑っていると「毎度のことさ、移動の季節にはね」と博士がため息をつく。

「自室から出られないのですか」

「用足しのとき以外は」とブロンドが答えた。

自室内に手洗いはあるが、移動に先立って上下水道のパイプは取り外してしまったので、作業員用休憩所まで行ってそちらのトイレを使わなければならない。さすがに引きこもってはいられず、部屋を出て二十メートルほどの距離を移動するらしい。

それでも食事に関しては毎回、ブロンドが届けている。そうしないと何も食べないからだと言う。

そしてこれから、嫌がる彼を自室から引き出し、移動用のバンに乗せなければならない。

「引きこもったまま部屋ごとトレーラーに載せて運んでもらえないのですか？」

寿美佳が尋ねると、博士が首を振った。

「昼間の六時間の移動だぞ」

エアコンなしの室内では人間は一時間も持たない。たとえポータブルエアコンを入れたにしても、バッテリーはそれほど持たない。ならば夜とも思うが、いくらＧＰＳが組み込まれた自動運転車とはいえ、舗装道路もなく地表の様子が風で頻繁に変わる砂漠を深夜に走行するのは危険だ。

「そろそろだ」

身の回りの物を入れたバックパックを背負ったブロンドがドアをノックする。

応答がない。そんな反応は予想していたかのように、彼は片手の電子キーをドアに押し当てる。

解錠される音が聞こえた。ドアを押し開き、ブロンドと博士が中に入る。

ブロンドが整備士の耳元で何か呼びかけ、整備士の手に手袋をはめる。

その手に小さなきらきらと光る布袋が握られている。

いったいいつ、どこで手に入れたものか、日本の神社の御守りだ。博士が先に立って室内から連れ出す。

うつむいたまま整備士は焼けた鉄の通路を博士の後ろに続いて歩き、見守るようにブロンドが続く。

階段を降り砂に足を下ろし、そこに停車しているバンを認めたのと同時に、整備士が全身を震わせた。

次の瞬間、博士を押しのけたかと思うと走り出した。砂の上だというのに驚くような俊足だ。

博士が声を上げ、後を追う。

寿美佳も後を追おうとすると、背後から肩を摑んで止められた。

「君はここにいろ」

命令するように言って、ブロンドが走り出す。

整備士を追っていった博士の足取りが重くなり、ふらふらと砂の上に膝を突くのが見えた。そのままうつ伏せに崩れる。

慌てて寿美佳は駆け出す。

博士は渾身の力を振り絞るようにして半身を起こしたが、よつん這いになったきり立ち上がれず再び倒れる。

寿美佳が近寄り肩を貸そうとしゃがみ込んだとき、地面の熱気を感じた。両手を博士の胸の下に差し入れ持ち上げようとして悲鳴を上げる。焼けた砂は恐ろしいほどの高温になっていた。こんなところに五分も倒れていたらやけどを負う。

「助けてください」とブロンドを呼んだ。相手の名前を知らない不便さを痛感した。

遥か先を走っていたブロンドが振り返り、戻ってくる。

素早く助け起こされた博士は、ぜいぜいと荒い呼吸をするばかりで、肩を貸しても立ち上がれない。

「心臓発作？」

「わからない」と答えただけで、細身の体のどこにそんな筋力を蓄えているのか、ブロンドは博士の体を担ぎ上げると、移動用バンに運んでいき、ドアのボタンを押す。開いたドアから冷気が吹き出してくる。座席に博士を横たえたかと思うと、ブロンドはすぐに整備士を追うために飛び出していく。

寿美佳は博士の脇に座り、博士のシャツのボタンを外し胸をはだける。

昔、清掃公社時代に講習を受けた心臓マッサージを行うべきかどうか迷ったそのとき、

「大丈夫だ」と博士は小さな声でささやいた。「心臓じゃない。歳のせいですぐに疲れる。情けない。少し走ったらたちまちこれだ」

バンにセットされた飲料水を差し出すと少しばかり飲んで、幾度も瞬きする。

「整備士は？」

「ブロンドが探しに行きました」

うっすら微笑んで博士はうなずく。顔色が異様に白い。

「少し眠っていいかな」

「はい」

不意に車内が陰り、外を見て息を呑んだ。

赤茶けた雲が地上を這ってやってくる。砂嵐だ。

砂粒が車体を叩く音が散発的に聞こえ、数秒後には降りしきる雨のような連続音に変わる。車内は赤い薄闇に包まれた。

「あの人たちは」

砂に埋もれているのではないかと無意識にドアの開閉ボタンに手をかけ、博士の手に止められる。

「砂がなだれ込んでくるぞ」

三十分もそうしてガラスを叩く赤い砂に目を凝らしているうちに、博士は少し回復したらしく、起き上がり背もたれに体を預けた。

砂嵐もピークが過ぎたらしく、赤茶色のスクリーンのように濁った視野の中に、こちらに近づいてくる人影が見えた。一人だけだ。

今度こそスライドドアを開けるとまだ吹き渡っている砂の粒が勢いよく入ってきて、顔を叩く。反射的に目を閉じ、素早く地面に飛び降りてドアを閉める。

首に巻いていた汗拭き用の布を頭にかぶり、目の部分だけ細く出して、こちらにやってくるブロンドに駆け寄る。

「彼は?」

「砂で見失ったが大丈夫だ」

短く答えた。

「でも……」

もし見つけられなかったら確実に命を落とす。

「博士は?」

「落ち着きました」

さして心配する様子もなくブロンドはうなずいた。車内に避難しようとドアの開閉ボタンに手をかけると、「ここでいい」と車の陰に身を寄せ、バックパックから銀色の遮熱シートを取り出し、その上に腰を下ろす。

砂嵐が収まったらすぐに引き返すつもりなのだ。

「やはり感づかれた」とブロンドは唇を引き結んだ。

食事を運んだ折に、果汁風味の清涼飲料水に鎮静剤を仕込んでおいたのだが、さきほど部屋に入ると、そのべたつく液体が床にぶちまけられていたと言う。

話を終える間もなく、吹き付ける風が止んだ。視界が開け始める。

ブロンドは立ち上がり遮熱シートをバックパックにしまうと歩き出す。寿美佳も立って後を追う。

整備士の姿はあたりにはなく、逃げた方向もわからない。

車にいる博士のことは気になるが、とりあえず二人で探した方が見つかる確率は高いと判断し、再び砂漠を歩き始めたブロンドの後を追う。

ブロンドはポケットから小さなチョコバーほどのサイズのものを取り出し、片手で操作している。

「それは？」

「ダウジング」

この男がにこりともせずに冗談を言うのには、慣れてしまった。

「発信機だ」とブロンドは言い直した。

整備士には、不安に駆られたとき薄汚れた金色の小袋を握り締める癖があるのだ、とブロンドは言う。

「ああ、あれ」と部屋を出るときに彼の手にあったものを思い出した。

「御守りですよ。神社の護符の入った袋」

「彼は信者なのか……」

「関係ありませんよ、たぶん。ウサギの足のようなものでしょう」

「ああ」

その御守り袋に、ブロンドは紛失防止用の受信タグを仕込んでおいたという。

手元の通信装置のスイッチを押すと、受信機が甲高い音で応答し居所を知らせる。

「一世紀前に使われていたキーファインダーと同じ仕組みだ」

鉱山の採掘現場はスマートフォンやタブレットの通信機能は使えないから、こんなときには原始的な装置に頼らざるを得ないのだろう。

彼はスイッチをオンにしたが、どこからも音は聞こえてこない。

電波が届かない距離まで逃げたらしい。

「大丈夫だ。そう遠くまで行っていない」

風向きが変わった瞬間、神経に障るような電子音が聞こえてきたがすぐに消えた。

ブロンドは砂の上を歩き始める。数分後、再び発信機を操作した。

どこからともなくサイレンのような音が聞こえてきた。その方向に狙いを定めてブロンドは歩き出す。

音は大きくなり、耳をつんざくような音量になった。

しかし整備士はいなかった。砂の上に薄汚れた御守り袋が一つ、残されていた。

ブロンドの意図が見抜かれて裏をかかれた、というより、手元の袋が突然、大音量で不快な電子音をたて始めたら、だれでも戸惑う。場合によっては恐怖に駆られるだろう。捨てて逃げるのは当然だ。

赤い砂の上に足跡は残されていない。

愕然として立ち尽くした寿美佳にかまわず、ブロンドはあたりを見回し、小さな丘を登っていく。

「どうしたら……」

うろたえて追いかけた寿美佳に、ブロンドは答えた。

「この二週間近く、彼は手洗いに立つ以外、ほとんど歩いていない。ろくに眠ってもいない。いくらアドレナリンが出ているにしても、そう長くは動けない」

砂の小さな丘を登り切ると、下り斜面にしゃがみ込んでいる整備士の姿があった。

ブロンドが無言のまま近づき、バックパックから水筒を出してその頭にかける。のろのろと顔を上げた整備士にその水筒を手渡して水を飲ませている。

水は飲み下したようだが、整備士の体には、もう力が残されていない。

寿美佳も手伝い、その体を遮熱シートで包み、ロープで縛る。

ロープの端をブロンドと二人で引いて、砂の上をそりのように滑らせてバンに戻る。

車に着いたとき、博士はすでに回復したらしく、背もたれに身を預けて座っている姿は先ほどよりもしっかりしていた。

頭上から吹き出す冷気に一息つきながら寿美佳は後部座席に座る。

二列目の座席に転がされた整備士の体を包んだ遮熱シートを、ブロンドが手際よく外す。

整備士は無抵抗のまま、ぽっかりと目を開けて横になっている。

車が走り出す。

緩い起伏のある赤い大地を二十分も行くと、前方に山脈のような鉱砂の丘が見えてきた。手前には、砂の上にずっしりと腰を下ろした巨大な掘削機械が、逆光に黒い影を刻んでいる。

その姿を見たとたんに、不思議な懐かしさと安堵(あんど)の思いがこみ上げた。中央部から放射状に延びるクレーン、長いアームと先端の巨大ホイール。渡り廊下を思わせるベルトコンベア。そして心臓部に当たるオペレーションルームが、今、自分を迎え入れようとしていた。

機械の間にはめ込まれた休憩室が見えてくると、いっそう安らいだ気分になった。あの狭いシャワールームで汗を流し、あの長椅子にぼんやりと腰掛け、機械に抱かれたいと切実に思った。

まだ足元のふらついている整備士をブロンドと寿美佳が支えながら車から降ろし、手袋をはめた手で担ぎ上げるようにして階段を上り居住エリアに入る。先を歩いていた博士が整備士の部屋のドアに電子キーを当てて開く。

整備士はそこのベッドに転がされた。

「大丈夫ですかね」

整備士を一瞥して、寿美佳はブロンドに尋ねる。

「ああ」と素っ気ない返事をすると、そちらの方を見ることもなく彼は部屋を出て行った。

「機械の中に戻れば、彼は落ち着く。ここは彼にとって母の胎内と同じだ」

部屋のドアを後ろ手に閉めながら、博士がささやく。炎天下の通路を少し歩いただけで息が上がっている。まだ回復していないのかもしれない。

あたりを見回すと、相変わらず自分は機械の中にいるが、鉄製の手すりや梯子や柱の間から見える景色は変わっていた。

鉱砂の丘は高く壁のように機械前方にそそり立ち、斜面を削られるのを待っている。背後の砂漠には以前の場所と違い、棘の生えた灌木の林がある。

「ここで通常業務が始まれば、彼の混乱は治まる」

楽観的な口調で言いながら、博士は休憩室のドアを開けた。

シャワールームからブロンドがシャワーを浴びている水音がする。

博士と二人で食堂に入り、淡いピンク色をした清涼飲料水を飲む。人工香料と酸味料、甘味料のケミカルな味が乾いた体に心地良かった。

「それにしても彼はなぜあんな風になってしまったのでしょうかね」

寿美佳が尋ねるともなくつぶやくと、「あの日本人整備士のことかね?」と博士は尋ねた。

「はい」

「以前、シリンダーを交換した折に、連絡ミスがあって、部品の到着が九時間も遅れたことがあるんだ。そのとき作業室で待っている間、彼と長い時間一緒に過ごした。ほんの退屈しのぎの雑談のつもりで、私は彼に尋ねたんだ。『ところで君はなぜ、ここに来て働いているんだい?』と」

思わず唾を飲み込んだ。

「私の英語をたぶん断片的に理解したのだろう。何を思ったか彼は突然、日本語で話し始めた。私は日本語を解さないからタブレットの自動翻訳装置で、その内容を聞いたのだが……」

身を乗り出した寿美佳に、博士は「まあ、自分語りなどというものは、多くは無意識に粉飾されているものなので」と言葉を濁す。

両親による育児放棄、虐待、学校と職場でのいじめ……。その挙げ句、ブローカーによる海外出稼ぎの勧誘。話の内容は想像がつく。

寿美佳は居住まいを正し、博士の乾いた唇を見つめていた。

「特に変わった生い立ちでもない。日本のまあまあ裕福な家に生まれたようだ」

「親の愛情は……」

「もちろん十分に愛情深く育てられたと私は推測する」

「なぜ？」

「就学した後に、様々な困難に見舞われた彼を、両親は熱心にケアしたらしい。治療やカウンセリングを受けるために、高額の費用をかけていくつもの病院と研究所を回り、そうしたところに通うために、引っ越しを繰り返した。しかし親の愛情や医師たちの熱意、支援組織の人々の使命感が、良い結果を生むとは限らない。少なくとも彼のケースに関しては、治療もケアも失敗だった。『僕は、ただ放っておいてほしかった』と彼は日本語ではっきり言った。すべてが苦痛だったと」

伝聞であり、しかも自動翻訳によるニュアンスの違いがあるから、正確なところはわからない。博士にしてもその微妙なニュアンスを摑みとれたのかどうか、自分でも半信半疑の様子ではある。

寿美佳が推測するに、あの整備士は、どうやら少し変わった、扱いづらい子供だったのだろう。

そうした子供たちに対し、百年あまり前から様々な診断名が付けられるようになった。成長のスピードも、発達する能力の種類もまちまちの生身の子供に対して、その気になれば簡単なテストで、○○症候群、○○障害という診断名を付けることが可能になった。

診断名が付いた時点から、親も専門家たちも治療や正常化に向けて努力し始める。たとえ症候群、障害の類いを治すことはできなくても、その特性を知ったうえでコミュニケーションの仕方を工夫することで、社会に適応していくことができるようになる、と信じられていた時代がつい最近まであった。

彼の両親は息子を何とか社会に適応させ、幸せな人生を歩ませてやろうと試みたようだ。

「プロクルステスのベッドだ」

博士はぽつりと、しかし断定的に言った。

「何ですか、それ？」

「ギリシャのアッティカで、アテネに向かう山道に出没した山賊プロクルステスは、旅人を捕らえては鉄製のベッドに寝かせた。もし旅人の背丈がベッドからはみ出れば足を切り、足りなければ上下から引っ張って体を引き裂いて殺した」

「つまり彼は、その鉄製のベッドに合わせるために、治療やカウンセリングという拷問を受けた、と？」

障害ありと診断された子供が、幼い頃から中枢神経刺激剤を投与され、怪しげな訓練矯正施設に通わされるケースが、二十年くらい前までは存在したと聞いている。まだ日本に多少の経済力が残っていて、親がそうした子供のために金を使う余裕があった時代の話だ。

「日常世界の大半は、プロクルステスのベッドに収まる人々によって回されているんですよ」

ため息とともに、寿美佳は博士の顔を見上げる。

「この世界のシステムと常識と秩序を作ったのは、天才でも超人でもなく、プロクルステスのベッドに収まる人たちだから。規格外であることが能力に結びつくのは、ほんの一握りで、大半はプロクルステスのベッドに収まる人々を悩ませるだけの存在になってしまう。だからといってだれも他人のはみ出す部分を切ったり、足りない部分を引っ張るなんて手荒なことはしてこなかった。私たち日本人はギリシャの山賊じゃないから。みんな自分からはみ出す部分を引っ込め、足りない部分にそっと詰め物をして、規格内に収まるように努力してきた。そうやって各自が自分を調整していくことが当たり前の世界があるんですよ。拒絶すれば、破滅はしないまでも、ひどく生きづらい。だれの共感も得られず、棘のような視線の中で生きなければならない。だから親も先生も、カウンセラーも治療者もそこに適応させようと努力してきたし、本人にも努力を強いてきたのでしょう」

「彼については失敗したようだね」

大半は失敗しましたよ、と寿美佳はつぶやきながら、協調とか和とか共感とか言いながら、ずぶずぶと沈んでいった祖国のことを思う。

「しかし彼にとっての苦しい日々は突然に終わったそうだ。ある日、彼の両親は、彼と彼の弟とともに住んでいた家から追い出された。小さなアパートメントに引っ越した直後に、父が消えた。どこかのブローカーの斡旋で、中国に出稼ぎに行ったそうだ。ほどなく母親も仕事を替えて、夜中の二、三時間だけ家に戻ってくるようになった。結果、彼は、医師やカウンセラーから解放された。

ある夜、バンに乗った男が数人でやってきた。母と弟が寝静まった後、カードゲームに興じていた彼を、両脇から挟んで部屋から引き出し、階段を引きずり降ろして車に放り込んだ。部屋から出るときに、寝ていると思っていた母親が言ったそうだ。『うちにはもう金が一銭もない。明朝には借金取りがやってくる。おまえのために使った金の、せめて十分の一だけでも働いて返してくれ』と。

彼を拉致した男たちは、しかし格別手荒な真似はしなかった。就学時から三十を過ぎたその年齢までの彼の個人データを詳細に分析して、働き場所を斡旋した。この場所はブローカーが提示した資料から、彼自身が選んだものだ。何もないところに行きたかった、と彼は話していた。ここの景色を画像で目にしたときに、ここなら生きられると直感したそうだ。スキリングのプログラムも彼自身が選択した」

そこまで言って、博士は微笑んだ。

「彼は、ここに来て初めて、安全で寝心地の良いベッドを見つけたんだ」

「博士も……」

少しためらってから寿美佳は尋ねた。

「ここで寝心地の良いベッドを見つけたのですか？」

「たぶんね」と博士はうなずいた。

「妻にはわるいが」

機械はその四日後から稼働し始めた。

ブロンドに寄り添われて、呆けたような静けさで過ごしていた整備士は、その朝一番に機械を振動させたモーターのうなりに、自分を取り戻したように見えた。

食堂に出てきて、相変わらず挨拶もなく、人と視線を合わせることもなく、そそくさと食事を済ませ、作業室に消える。その足取りの生き生きとした力強さに、寿美佳は目を見張る。

その一方で、オペレーションルームでの博士の指導は急に熱を帯びた。

ことさらの厳しい物言いはないし、当然のことながら声を荒らげることもない。ただ寿美佳を操縦席に座らせ、次々に難しい操作に挑戦させる。アームの角度、ホイールの回転スピード、地層の見分け方について、繰り返し細かな指示があり、あるところからぴたりと指示が止んだ。

考え、判断しろ、と言う。覚えるだけではいけない。桁外れに大きなものを動かすのに必要なのは正確さだけではない、自分で考え、判断する力と創造する力だ、と言う。

そうして一週間が経ったとき、博士は、明日一人でオペレーションルームに入って、一人で操縦するように、と決然とした口調で寿美佳に命じた。

早すぎます、という言葉は、穏やかに無視された。

なぜそれほど急ぐのかわからず、首を横に振っている寿美佳の前で、博士はコンピュータを操作し、翌日からの業務分担とシフトの表示画面を出した。

二人態勢で回してきたオペレーション作業の八時間勤務を、博士と四時間ずつに分けることになっていた。

「これは事業所からの……」

「いや。会社の方には再三、オペレーターをよこせと要請しているが、無視され続けている。ブロンドの方はともかく、こっちは歳だ。身が持たん。ここにたまたまやってきたゲストがオペレーションを覚えたいと言っていると、本社に報告して、悪いが」と小さく首をすくめて続けた。

「君のパスポートナンバーとＩＤを送った」

「どうやって……」と唖然として、自分のタブレットを常に博士の前で無防備に開いていたことを思い出す。

「いや、申し訳ない」

自分の倍ほどの歳の老人に謝罪されると、そう拒否もできない。

「賃金については、私の口座から君の口座に振り込んでおく」

「結構です」

これはあくまで取材であり、アルバイトではない。自分が何をしにここにやってきたのか、あらためて思い出す。

「私の代わりにシフトに入ってくれるのだから当然のことだ」


翌日の午後、初めて一人勤務に入るために時計を睨みつけながら食堂で待機していると、次第に緊張感が高まり不安に駆られるのを止められなかった。

頻繁に水を飲み、貧乏ゆすりをしていた。

「怖いのか？」

傍らで泥水のようなインスタントコーヒーをすすっていたブロンドが、低い声で尋ねた。

「そりゃ怖いですよ。前に一度、バケットの爪を壊したことがありますし。一人ではあんなものじゃ済まず、人の乗ったトラックを巻き上げたり、機械本体を壊したりみたいな大事故を起こすかもしれない……」

「大事故を絶対に起こさない、などと言うのはナンセンスだ。何をどれほど気をつけようと準備しようと、一定の確率で事故は必ず起きる」

静かな口調でブロンドは断定した。

「だから起きることを想定してシステムを組まなければならない」

でも人命に関わる事故だけはやはり絶対に起こしてはいけないし、などと言いかけ、この人にとって人の命など砂粒より軽いものなのかもしれない、と思う。あるいはこちらのプレッシャーを取り除こうという彼なりの優しさなのか。

氷の欠片のような淡いブルーの瞳からも、整った口元にときおり浮かぶ笑みからも、内面の感情を読み取ることはできない。

交替の五分前にオペレーションルームに入った。

挨拶も忘れ、博士の後ろに立ち、コントローラーを操作する博士の指の動きに見入った。バケットの幅で斜面の上まで削り取ったところでホイールの回転が止まる。

アームがゆっくり下がり、地面に接触するぎりぎりのところまで下りきると、アームをわずかにずらしてホイールごと横に移動する。そこで博士はいったん機械を止めた。

「交替だ」

静かに言った。肩で息をしている。顔色が悪い。

「大丈夫ですか」

「歳だな」

操縦席から下りると部屋から出て行くこともなく、背後に三つ並べた椅子に腰を下ろし、そのまま横になった。

「どうしました?」

「昼寝だ。ここの方が眺めがいい」

暢気な口調で答えると目を閉じた。

操縦席に座った寿美佳は、これまで習い覚えた手順を確認しながら、スイッチを入れる。稼働音が聞こえ、コントローラーを動かしホイールを回転させ始める。

モニターに目を凝らし、斜面に現れた砂の様子に目を凝らし、スピードをコントロールしながらアームを慎重に上昇させていく。

外の熱気が一瞬吹き込んできて、肩のあたりを撫でた。ドアを開き博士が出て行った。その直前に、手元のレバー操作に集中していた寿美佳の耳に「もう私がいなくても大丈夫だな」という博士のつぶやきが聞こえた。

合格、という意味か。それとも別の意味があるのか。

すぐにモニターに視線を戻しバケットと斜面の状態を確認する。

カタツムリが這うほどの速さでアームを上げながら、二時間かけて砂山の上まで到達し、ゆっくり回転を止め、アームを下げていく。全長三百メートルのベルトコンベアの上を鉱砂が流れていく様がモニターに映し出される。

アームが下りきったのを確認し、バケットの幅だけ、慎重に横に移動させた。

ホイールがゆっくり回り始めたとき、腹の底から歓喜がこみ上げてきた。

遂にこれを一人で操作した。

複数の人工知能と自らの腕の延長であるアームが、自分自身だと認識された。非力な自分の中に、力がみなぎり、小さな体のかさついた皮膚がはじけ飛び、何か巨大なものに変わっていく。

砂漠の高みからここを支配しているのは自分だ、という誇りが湧いてくる。


陽が落ちた後、機械が止まった。三週間に一度の定期点検があるという。

一人勤務を終えて釣り竿を手にした寿美佳に目を留めると、博士はいたずらっぽい笑みを浮かべた。

「どうだ？　覚悟が決まったかね」

「別に、覚悟などありませんよ」と素っ気なく答えた。

「確かに、そんな大げさなものは何もいらない」と博士はうなずいた。

「今夜こそ、ロブスターが釣れるかな」

「だといいのですが」

見た目は同じ赤い砂漠でも、引っ越してきたこの場所では、ロブスターに似た肉を持つサソリは釣れなかった。代わりに「ウナギ」が釣れる。

「行きますよね」と声をかけたが、博士は「いや、悪いが一寝する」と言い残し、自分の部屋に引き上げる。後ろ姿に疲れが濃く滲んでいた。

釣り竿を手に、一人で階段を下りて砂漠に降り立つ。

昇りつつある月が濡れたような青白い光を放っている。

砂の上に長身の体を横たえている者がいて、危うく踏みそうになった。

短髪のプラチナブロンドが月明かりを拾って白く光っていた。

「こんなところで何を？」

「月光浴」とブロンドは短く答えた。

ここで日光浴は命取りだが、月の光なら気持ち良いのかもしれない。

「あまり離れない方がいい。点検のためにいったんすべての電源を落とすから」という言葉にうなずいて歩き出そうとしたとき、不意にあたりが暗くなった。

月明かりがあるとはいえ、こうして機械の灯りがすべて消えてしまうとやはり不安になる。

ブロンドの隣に腰を下ろし、今夜はここで釣りをすることに決めた。

ドローンの運んできた夕食用人工肉を釣り針に刺して投げる。

竿を砂に突き刺し、袋の中からコンロを取り出す。

固形燃料に火を付け、獲物がかかるまでの間にコーヒーをいれる準備をする。

「飲みますよね」とブロンドに声をかける。

「ありがとう。博士のグリークコーヒーか？」

「ええ」

「ギリシャ人にとってはグリークコーヒー、トルコ人にとってはトルココーヒー、アラブ人にとってはアラビアコーヒー、みんな同じ物だ」

「みんながみんな、自分こそ本家だ、元祖だと主張するんですよ」

カップに粉を入れて沸騰した湯を注ぐ。だいぶ気温が下がってきたらしい。夜目にも白く湯気が立ち上る。

粉が沈むのを待って、カップを口に運んだブロンドがゆっくりすすり込む。

「うまいな……」

「博士がときどき粉を注文してて、いれ方を教えてもらいました」

機械の操作だけではない。コーヒーのいれ方も、釣りの仕方も、釣果のさばき方も、博士から教わった。

「もう私がいなくても大丈夫だな」という博士のつぶやきが不意に耳底によみがえり、胸を圧するような不安を覚えた。ここを離れ妻の待つアメリカに帰る、という意味であるはずはない。

「かかってるぞ」

そう言われて我に返った。砂に刺した釣り竿が抜けてずるずると滑り出す。

慌てて竿を摑むと掌にびくびくと引いている感じが伝わってきた。

サソリの引きとは違う。

軽い失望を感じたが、釣果としては申し分ない。

リールなどないから糸をたぐり寄せるとその先端に「ウナギ」がかかっていた。

素早く首元を摑んで捕まえ、口から針を外す。

「すみません、ハサミが入っているんで出してもらえますか」と寿美佳は、自分の袋を顎で指す。

「すまない」

ブロンドは謝ると、手を伸ばしてきて「ウナギ」の胴体を摑み、もう片方の手で寿美佳の手を退かし、代わりに首元を摑む。

「自分で出してくれ」

首を傾げながら寿美佳は袋からハサミを出す。

「去勢されているので、銃だの刃物だのは持てないんだ」

「去勢で、刃物を持てない？」

ブロンドが押さえている首部分に刃を入れ、力を込めて毒牙のある頭を切り落とす。その拍子に胴体が暴れてブロンドの腕を締め付ける。

「金属製の武器凶器の類いを摑むと手が痙攣（けいれん）するように条件付けられた」

「不便ですね」

終身刑の凶悪犯が、刑務所以外の場所で暮らすに当たっては、そうした処置が必要ということだ。

ブロンドから受け取ったウナギの首元に軽くハサミを入れ、バナナのように皮を剝く。うろこを持ち肺呼吸するは虫類であっても、毒を持つ頭を切り落とし、皮を剝き、ぶつ切りにして、塩を振ってじわじわと焼けば、脂っぽい肉といい、歯触りといい、うなぎの白焼きそっくりだ。もっとも寿美佳はうなぎを食べられるような富裕層ではなかったので、記憶にあるそれも、実際のところ人工肉か、あるいは今、釣り上げたのと同じ蛇肉であったのかもしれない。

固形燃料の上に脂がしたたり落ちて、ぱちぱちと音を立てる。以前いたところで釣れた蛇は、博士によれば臭みが強く、ぱさぱさとした肉質で、口にできる代物ではないが、ここで釣れる蛇は種類が違いおいしいということだった。毒性が強く、毒液の量も多いが、胴体は太く、確かに脂がのっていて味も香りも良い。

ほどよく脂が落ちて火が通ったところで、皿に載せブロンドにも手渡す。

「うまい」

低い声でつぶやき、ブロンドは骨を砂の上に吐き出す。

寿美佳の方は、ぶつ切りにした白身を指で上下から押し、開いた身から骨を外して口に入れる。

「空挺部隊の訓練では生のまま食べた」

ぽつりとブロンドが言う。

「軍人だったんだ……」

そんなことだろうと思っていた、とつぶやき、寿美佳は続ける。

「寄生虫がいるから生は止めた方がいいですよ。どんなに強くたってやつらにはかなわないですから」

「確かにその通りだな」

ブロンドはうなずく。

「少なくとも、こうやってちゃんと焼いてやればおいしいでしょ。人間の食べ物ですよ」

「ああ、ドローンが運んでくるシリアルより遥かに」とブロンドは目を細める。

不意にあたりが明るくなった。

「電源、入れたんだ……」

機械の稼働音は聞こえない。

「照明だけだ」

作業が終わるまでは、照明以外は空調も含めて使えないと言う。

機械の方を振り返ると青緑色を帯びた夜間照明の中で、輪にしたワイヤーをショットガンの弾帯（だんたい）のように肩に斜めがけした整備士が、夜空にすっくと延びたクレーン上部に、するすると登っていく姿が見えた。部品の交換作業だが、先端の高さは五十メートルを超えているはずだ。

「怖くないのかな。よく、目眩を起こさないですね」

「彼にとっては容易（たやす）いことだ」

「もともとですか？」

「ああ、ここに来たときから、彼は平気だった。怖じ気づくことはなく、何の恐怖も感じない様子で、するすると高所に登っていった」

「信じられません」

「我々にできないことが、彼にはできる」

日本という国と家族から逃げることで、彼はプロクルステスのベッドから解放された。

そして今、目がくらむほどの高みに嬉々として登っていく。

「あの引っ越しのときの怯えた姿が嘘みたい」

「毎度のことさ」

事もなげにブロンドが言う。

「仲間に支えられているから、活躍できるのですね」

髪の色より少し暗い色の眉が、小さく動いた。

「彼に何かあるとここの仕事が回らない。我々のここの生活も成立しない」

仲間だの、支えるだの、面倒なことは考えたこともない、と言わんばかりだった。

寿美佳は無言で砂漠のウナギを口に入れる。

取り損なった小骨が歯茎に刺さった。鋭い痛みが走り、寿美佳は指先で取り、舌打ちとともに冷えた砂の上に弾き飛ばす。

翌日から博士の勤務時間は短くなっていった。休憩室の長椅子にかける代わりに、そこに横になっている姿を頻繁に見かける。

翌週、勤務の交替時間に、博士はブロンドに背負われてオペレーションルームに入ってきた。

「すまんな」と礼を言う言葉がかすれている。

振り向いて、凝視していると「大丈夫だ。歳のせいで階段を上るのがきつい。旧式の機械でエレベーターが付いてなくて」と言いながらゆっくりこちらにやってきて、寿美佳を退かして自分が操縦席に座ろうとする。

寿美佳はレバーを操作して機械を止めた。

上昇するアームの動きが止まり、先端のホイールの回転がスピードを落とし、やがて静止する。ベルトコンベアの稼働音だけが、今、載っている砂を漏斗に落とすまでしばらく続いている。

「私がこのまま続けますから、車を呼んで町まで行ってください。クリニックで診てもらって、必要なら入院してください。もう二交替で回せますから」

操縦席から立っていって命令するように言った。

「いや、まだしばらくの間は大丈夫だ」

寿美佳は浅い呼吸を繰り返している博士の、目の下に隈の浮いた青白い顔を凝視した。

「あのときの健康診断の結果は何だったのですか」

町に出かけたときに、健診の終わった博士に結果を聞いた折、「何もない」と即答した。いくら最先端の検査装置を使ったとして、そう簡単に結果が出るはずはない。

何か隠している様子はあった。

博士は無言のまま首を左右に振った。

「寿命だ。世代交代の季節が訪れれば、個体の中の起爆装置が作動し始める」

「町に行って、治療してください」

博士の言葉を遮って繰り返す。

「病気は治せても老化は治療できない」

「老化ではなくて、病気ですよ。まだそんな歳じゃない」

博士はうっすらと微笑んで背後のドアを指差した。

「出て行ってゆっくり休みなさい。君の今日の勤務時間は終わりだ」

有無を言わせぬ口調だった。

「何かあれば、すぐに連絡をください」

「大丈夫だ」

「博士は大丈夫でも、機械は制御不能になったら壊れますよ」

気圧(けお)されたように博士は一瞬、寿美佳を見つめ、意外なほど素直な調子で「そうだな」とうなずいた。

「無理なようなら交替を頼む」

気になりながらドアを開けて外に出る。

外は暗くなりかけ、金属の手すりは素手で触れるくらい生ぬるくなっていたが、焼けた地面からはまだ熱気が上がってくる。

シャワーを浴びて休憩室に入ると、入れ替わりのようにブロンドが部屋を出るところだったので呼び止めた。

「博士、一刻の猶予もなさそうです」

「何の猶予だ？」とブロンドはゆっくりと振り返った。

「すぐに病院に行って、診てもらった方がいいです」

「町のクリニックになら、とうに行っている。その結果、本人がこれ以上の治療も、ここを出ることも拒否した」

「でもこのままでは……」

「医師の、といってもＡＩが相談に乗って、博士の意向に従い最適化された治療プランを提示してきた。薬についてはドローンが運んできている」

「それで済む状態とも思えません。一人ではオペレーションルームに上がってくることもできなくなっているんでしょう」

「最先端の医療を受けたところで治る見込みはない」

ブロンドは静かに断じた。

「どうしてそんなことが言えるんですか」

「彼の今の体の状態を評価したものを見た。タブレットで」

何か聞いたことのない病名をブロンドは口にした。

「体が、正常な血液を作れなくなっている。抗がん剤は効かない。骨髄移植したところで、あの歳だとおそらく死ぬまで狭い無菌室に閉じ込められて、医師とさえ直接接触はできない。タブレットだけが、外界との通路になる。二つ目の選択肢は、最先端の治療だ。人工血液を定期的に輸血する。だが人工血液自体がまだ不完全な代物で、予測不可能な心身の不調が生じる。たとえそうしたことを乗り越えても、いずれは体が大量の輸血に耐えられずに、内臓のすべてが機能不全を起こして死に至る」

どこかで予想していたからさしたる驚きはなかった。町で健康診断の結果について博士が何もない、と即答したときから、予感めいたものはあった。機械の操作を熱心に教えた博士の「もう私がいなくても大丈夫だな」というつぶやきが聞こえたときには、疑念は確信に変わったが、それでも受け止めることができなかった。

「放置したら……いえ、気に入った場所で、理想的な食事を取り、ストレスのない生活を送れば」

「ここが彼の気に入った場所だ。放置すればいずれ死ぬが、それまでどのような苦痛を味わうのか、あるいはいきなり昏倒(こんとう)して何かを考える間もなく死ぬのか、だれにもわからない。うまくいくケースは少ない。ある一定の期間、かなりの苦痛を味わうことになるだろう」

「ここに苦痛を緩和する設備はないし、心身のサポートをする看護師もいません」

「本人が望んでいることだ」

何の感情も込めない様子でブロンドは遮る。

「博士と、そんなことを話し合われたのですか」

「話し合ったりはしていない。彼から一方的に依頼され、私は承諾した」

「何を?」

最終的な決着をつけることを、と寿美佳の中で答えは出ていたが、ブロンドの物言いはやや違った。

「苦痛を取り除くことを依頼された」

「つまり、そういうことですよね」

それがどれほど本人にとっての福音であっても、大半の人間の社会では断罪されると同時に、実行者の精神にも大きな負担をかけ、消えることのない傷痕を残す行為。しかしすでに三千人近い罪のない人々を殺した彼なら……と博士は考えたのか。

ブロンドは食堂のドアを開け、寿美佳を手招きした。

セパレート型の冷蔵庫の下段を開けると、いくつものプラスティックパックが入っている。

「博士が取り寄せたものだ」

鎮痛剤と鎮静剤だと言う。点滴装置も用意されているらしい。

「これをあなたが？」

どうやら誤解していたようだ。

「まだ必要ないが、いずれは」

今のところ、内服薬の定期投与で痛みや吐き気のコントロールができているという。

さらに棚の上を指差した。ビニール包装されたものが天井との間に詰め込まれている。

医療用の吸水パッドだと言う。

「大量の体外出血が始まる可能性がある。そのときには止血せずにそのまま逝かせることを約束した」

体が震えだした。生まれてこの方、ちょっとした傷はともかく、大量出血など見たこともない。

「心配することはない。その時点で本人は意識を失っている。吐血したら体を横にして、パッドを口元に敷くだけだ。下血であれば尻の下に置く」

「無理です。私には」

震えながら無意識に後ずさりしている。処置はもちろんのこと、見ているのも無理だ。身勝手であまりに弱腰の物言いが情けない。

「この会社のワーカーは指定医療機関での定期健診が義務づけられている。そこで博士はすでに意思表示を済ませた。ＡＩが博士の希望に添って終末期ケアと看取りをカスタマイズして、必要な物も送ってくる。終末期ケアから埋葬まで、補助要員として博士は私を指定し、ＡＩは私の経歴を審査して認めなかったが、最終的な判断については、医療機関の責任者のドクターに委ねられた。それで彼女が博士と直接面談し、彼の申請を認めた。一切の責任は博士が負う、という条件で」

パーソナルな重要事項については、必ずしもＡＩの判断が優先されるわけではない、ということを知り、寿美佳は何とはなしに安堵する。

翌日、博士は特に変わった様子もなく食堂に現れ、自分の足でオペレーションルームに上がっていった。

そして翌週、ブロンドに頼まれるままに寿美佳は一時間ほど勤務時間を延長した。いよいよケアが必要になったのだ。定期的な内服薬の投与では治まらない痛みが出たために、ブロンドが鎮痛剤の点滴を始めたらしい。

二日後には博士のシフトはなくなった。勤務に耐えられなくなり、機械は寿美佳が来る以前と同様、八時間ずつ二人で回すようになった。

ある日、寿美佳の勤務中、焼け付くような日盛りの中を、ブロンドに背負われて博士はオペレーションルームに入ってきた。

背負われたまま室内をゆっくり一周して、機械を操作している寿美佳に向かい、博士は満足げにうなずいた。

「ここでは、やはりまずいかな」

「いや、どうでも」とブロンドが答える。

「やはり月明かりの下か」

「好きなところで」

それだけの言葉を交わして出て行った。

週末に、配送用ドローンに機械の中で出た他のゴミと一緒に、ブロンドがビニール袋にパックされた大量の使用済み吸水パッドをくりつけているのを目にして、寿美佳は凍り付いた。大量出血があったのだ。

自分ならわかってはいても、耐えられず本部に電話をかけて、医療ＡＩを搭載した病院搬送用の車を寄越してくれと、博士の意向を無視して叫んでいただろう。

その出血で亡くなることもなく、それ以後も博士の意識はしっかりしていた。

翌日、寿美佳の勤務が終わった夜八時に機械が止まった。

砂がほどよく冷えた砂漠の月明かりの下に、博士はブロンドの肩を借りて自分の足で降りた。そしてその場に横たわった。

「頼む」と命じる口調で博士が言う。

ターミナルケアに必要なキットが届けられ、補助者がいるにしても、死を前にして意識を失うまでの間には様々なことが起きる。予想外の疼痛（とうつう）や息苦しさ、耐えがたいだるさやけいれんに見舞われることもある。それを繰り返した後、最後に死の静寂が訪れる。

それを博士は望まなかった。

昼間に鎮痛剤でも治まらない痛みに襲われ、睡眠導入剤を用いて眠ったが、三時間後には疼痛で目覚めた。それから夕刻まで、医療機関から送られてくるＡＩの指示により、いくつかの方法を試したが、薬剤の影響かそれとも病気の進行によるものか不明だが、譫妄（せんもう）を起こした。そのことに本人が気づいたとき、そろそろ終わらせる頃合いが来た、と博士自身が判断した。

自分の生は選べないが、死については自分で選択するものだという博士の主張に寿美佳は賛同はできないが、苦しみの淵にあっての必然的な選択に、出血の処理さえ怖くてできない者に異を唱える資格はないということだけは理解した。

「本当に、何も思い残すことはありませんか？　だれかにお伝えしたいことは」

ご家族に伝えることは、今からでも遅くはないんですよ、という言外の意味を込めて尋ねたが、「いや」と博士は微笑んで首を横に振った。

「死ぬには絶好の夜だ」

東の空に輝いている満月がいつになく明るく、大きい。

今夜はスーパームーンだ、とブロンドが教えてくれた。

ブロンドが博士の左手の甲に浮き出した血管を確認する。

ここに至るまで鎮痛剤、制吐剤、催眠剤、様々な薬剤を点滴で体内に入れていたから、極細の針とはいえ、あちこちが傷になり、固まりにくくなった血が微小な穴からしたたり落ちていた。

点滴キットに繋がれた薬剤パックに入っているのは、鎮痛剤では取れない痛みと、呼吸困難の苦しみから最終的に逃れるために、深い眠りを得る薬剤だった。

ブロンドは慣れた手つきで、点滴のバルブを開くと、博士はかすれた声で「すまんね」と言った。

数秒後に痛みから解放されたのか、表情がふっと緩む。

口が開き、再び閉じる。

ほどなく呼吸が止まった。しかし数秒後には、再び胸が上下し息を吸い込む。

その手を寿美佳は握った。死者のひやりとした冷たさだった。

まばらな呼吸がしばらく続いた。

生から死への移行がいつ行われたのかはわからなかった。

安らかに閉じていた瞼がゆるゆると開き、光を失った瞳がのぞいたとき、ブロンドの掌が博士の顔に触れ、丁寧に瞼を閉じさせた。

ブロンドと視線を交わし、二人同時に、空を見上げた。さきほどよりも青白く強い光を放つ満月が中空に上がっていた。

博士の体は、入念にシートに包まれ、ロープをかけられた。

二人がかりで冷えた砂の上をゆっくり滑らせて、あの棘だらけの木の下に引きずっていく。

砂の上に月の光で枝葉の影がくっきりと刻まれた地面を浅く掘り、シートを外した博士の遺体を横たえ砂をかけた。

それもまた博士の遺志だった。

ギリシャにルーツを持ち、アメリカで生まれ育ち、ここに楽園を見出した博士が、何歳だったのか、寿美佳にはわからない。案外、自分の両親より若かったのかもしれない。あるいは数百年生きた神仙だったのかもしれない。

法で禁止された安楽死を遂行した者として、二六七八人を殺したブロンドに新たな罪が付け加わることはなかった。博士が積極的治療を拒否して指定クリニックの診療と病院への搬送を拒否した時点で、その先のケアから埋葬に至るまで、すべて本人の意思と責任に委ねられることになっていたからだ。医師の確認はもちろん、遺体の搬送もない。

そうした意味でここは見捨てられた場所であると同時に、途方もなく自由な土地でもあった。

博士が旅立って二週間後の新月の夜、寿美佳は一人で釣り糸を垂れた。空全体が白くかすむほどの満天の星の下で、コンロの固形燃料に火を入れ湯を沸かし、コーヒーをいれた。いつになく気温が下がった夜のことで、薄いシートを通して砂の冷たさが体に上ってきた頃、糸に強い引きがあった。

ウナギの感触ではない。

半信半疑のまま、慎重に糸を引いたり、緩めたりを繰り返す。星明かりに、闇よりもさらに黒く、脂ぎった甲殻類の姿が浮かび上がる。

ここに来て以来、初めて釣り上げたロブスターだった。

明日、会社は一人減ったワーカーの代わりに、人を一人こちらに寄越すことになった。どんな人物がやってくるのか、男なのか女なのか、国籍は？　人種は？　年齢は？　何の情報もない。ただ事前の検査で、ここでの生活とオペレーション作業によく適応できると判断された人物であることだけは確かだった。

釣り上げたロブスターのハサミを切り取り、胴体とともにコンロの上の網で殻ごと焼く。夜目にも白い身と、焦げ臭いいれ立てのグリークコーヒーを手に、寿美佳は博士の眠る棘だらけの木の下に行き、昨日の砂嵐が風紋を描いているささやかな墓の前に供え、日本式に手を合わせた。